Ornela Vorpsi

Die Hand, die man nicht beißt

Roman

Aus dem Italienischen
von Karin Krieger

Paul Zsolnay Verlag

Die Originalausgabe erschien 2007 unter dem Titel
La mano che non mordi im Verlag Einaudi, Turin.

1 2 3 4 5 14 13 12 11 10

ISBN 978-3-552-05498-1

Satz: Eva Kaltenbrunner-Dorfinger, Wien
Druck und Bindung: CPI – Ebner & Spiegel, Ulm
Printed in Germany

*Ich bin immer von einem großen Misstrauen
in alle Umwälzungen beseelt gewesen.*

Sören Kierkegaard, »Die Wiederholung«

Auf Reisen habe ich gründlich begriffen, dass ich nicht fürs Reisen geboren bin. Nicht dass ich das nicht schon früher gewusst hätte. Theoretisch wollte ich immer reisen, um die ganze Welt und möglichst noch weiter. Doch praktisch fiel es mir schwer. Also sagte ich mir, wenn ich meinen Körper ein bisschen auf Trab bringe, kommt er eventuell auf den Geschmack und schließt sich meinem Geist an, dem Reisen immerhin Spaß macht. Vielleicht war es ja nur die Trägheit. Und so setzte ich mich in Bewegung.

Das mit mir und dem Flugzeug war nicht gerade eine Liebesgeschichte. Zumal mir Situationen, die keine Fluchtwege offenlassen, noch nie gefallen haben, ich meine ja nicht gleich zur Rettung meines Lebens, aber doch wenigstens zur Rettung vor der Langeweile, dieser schönen Dame, die mich überall aufspürt und mich bis zur Unerträglichkeit umklammert.

Die Langeweile ist wie ein Flugzeug, sie wiegt dich über lange Strecken, wie es ihr gerade passt, und sie setzt dich in eine Wolke aus Lethargie; Körper und Geist werden allmählich grau, und genau wie im Flugzeug kommst du erst nach der Reise wieder heraus.

Bernanos und ich wären uns zum Thema Langeweile einig gewesen. In seinem *Tagebuch eines Landpfarrers* schreibt er: »Ich sagte mir also, die Welt wird vom Stumpfsinn aufgefressen. Natürlich muss man sich ein wenig besinnen, um sich das klarzumachen, man erfasst es nicht sogleich. Es ist wie Staub. Solange man kommt und geht, sieht man ihn nicht, man atmet ihn ein, man isst ihn, trinkt ihn, und er ist so fein, so hauchfein, dass er einem nicht einmal zwischen den Zähnen knirscht. Sowie man aber einen Augenblick stehenbleibt, hat man Gesicht und Hände über und über bedeckt von ihm. Man muss ständig in Bewegung sein, um diesen Aschenregen von sich abzuschütteln.«

Die beste Art, die ich gefunden habe, um etwas Staub abzuschütteln und den tragischen Angeboten auszuweichen, die das Leben manchmal bereithält, ist eine Angewohnheit, an der ich festhalte, egal, wo ich bin: Egal wo ich bin, versuche ich, mich in Türnähe zu setzen.

Im Flugzeug funktioniert das ausgezeichnet. Wenn das grüne Licht des Fluchtwegs mir freundlich zuzwinkert, entspanne ich mich.

Auf meinen ersten Flugreisen machte ich mich auf den Tod gefasst. Steuerte ich doch eigenfüßig direkt auf mein Grab zu. Ja, das ist es nämlich: Ich tue es aus freien Stücken, es ist meine ureigene Entscheidung. Dabei könnte ich mich weigern zu fliegen, ich müsste nur ein befreiendes NEIN sagen, ich will nicht weg, ich will nicht reisen, ich muss doch gar nicht reisen! Solche

Gedanken kamen mir in den Wochen vor dem Abflug in den Sinn.

In den letzten Tagen dann ergriff die Aufregung Besitz von mir wie die Griechen von Troja, mit genau derselben Hinterlist. Zunächst merkte ich gar nicht, dass mir die Anspannung dermaßen übel zusetzte.

Der Tod ist und bleibt eine ernste Angelegenheit. Nicht so einfach, ihn auf die leichte Schulter zu nehmen, er versteht es, sich Respekt zu verschaffen, und verlangt uneingeschränkte Beachtung.

Am Tag meines Abflugs kleidete ich mich nachlässig. (Wofür sollte ich mich anstrengen? Jetzt noch!) Die Gemütsverfassung eines Sokrates – in Schönheit sterben wollen und können – habe ich nicht erlangt, ich bin – verdammt noch mal! – weit davon entfernt, meinen Tod aus erhabener Distanz zu betrachten, also würden es auch ein alter Jogginganzug und ein Paar Tennisschuhe tun, und ich kümmerte mich auch nicht darum, meine angeborene Totenblässe zu kaschieren. Stattdessen hatte meine Unruhe ausgiebig dafür gesorgt, dass auch noch der letzte Blutstropfen aus meinen Wangen gewichen war. Meine Augen verformten sich, irgendetwas zog sie nach unten (potenzierte sich etwa die Schwerkraft?), meine Lippen trockneten aus und waren rissiger als sonst. Es ist schwer, dem Tod entgegenzugehen, vor allem, wenn man ihn vermeiden könnte.

Lohnte es sich denn, alles aufs Spiel zu setzen, nur um nach Barcelona, Kyoto oder Tirana zu kommen?

Oder nach Sarajevo zu fahren, so wie diesmal, nur um einen trübseligen Freund zu trösten? Mirsad ist trübselig, weil der Westen die Wahrheit von unsereiner aus dem Osten – aus dem ehemaligen Osten – nicht begreift. »Weil wir Wahrheiten haben, die von den ihren grundverschieden sind«, erklärt er mir am Telefon wieder und wieder.

Muss man wirklich tröstend zu einem Freund fahren, dem es schlecht geht, der seit fünf Monaten das Haus nicht mehr verlassen hat, der nicht mehr isst und nicht mehr trinkt, der sterben will und auch wieder nicht, bloß weil die Literatur der ärmeren Länder nicht so durchschlägt, wie sie sollte? Ja, man muss, denn Mirsad geht es wirklich nicht gut. Er braucht Freunde in seiner Nähe und sei es nur, damit sie ihm eine Suppe kochen und sich sein Gejammer anhören.

Es ist wichtig, dass jemand da ist, wenn man jammert. Ist man allein, hört man mit dem Jammern auf. Ein fremdes Ohr ist die Grundvoraussetzung für das Jammern.

Ich muss also nach Sarajevo, um dort ein offenes Ohr zu sein.

Oder wenigstens, um Mirsad eine Suppe zu kochen, sonst stirbt er. Es heißt, er habe ständig hohes Fieber, seit fünf Monaten bekomme er es nicht herunter. Er lässt sich sterben, ich weiß das, ich kenne ihn, seine Leidenschaften bringen ihn um. Und dann wird sein Tod an mir nagen, solange ich lebe. Solange ich lebe.

Lohnt es sich, in ein Flugzeug zu steigen und zu verreisen, um über die Literatur der reichen und mächtigen Länder zu reden, die anderen ihre Gesetze und ihre Kultur diktieren? Zu sterben, um darüber zu diskutieren, dass es Serbien, Albanien und anderen Ländern, die in Schwierigkeiten stecken, nicht gelingt, ihre Kultur durchzusetzen?

»Immer die alte Geschichte von den großen Fischen, die die kleinen fressen, aber warum, zum Teufel, sind wir immer die kleinen?« Am Telefon ist wieder Mirsad.

Ich werde ihm eine Fischsuppe kochen. Und wenn er sie isst, werde ich sagen:

»Siehst du, jetzt bist du der große Fisch, der die kleinen frisst!«

Desensibilisierung heißt diese Therapie. Hoffen wir, dass sie anschlägt, damit Mirsad wenigstens aus seiner Höhle, deren Rollläden er nicht mehr hochzieht, herausfindet, damit er ein bisschen frische Luft schnappt und seine Gedichte schreibt.

Ich träume davon, in meinem Bett zu verreisen. Denn ich will ja verreisen, es ist nicht so, dass ich nicht will.

Das geht so: Ich lege mich zum Schlafen ins Bett, morgen muss ich zu Mirsad fahren, dem es schlecht geht. Ich habe ihm ein Sojajoghurt gekauft, eine Sorte, die ich sehr mag, und ich bin mir sicher, dass das Joghurt seinem Gaumen genauso schmeichelt wie meinem.

Ich sage dem Bett, dass ich morgen in Sarajevo sein muss. Ich weiß nicht, ob ich mich an die Matratze, an das Holzgestell oder an die Laken wenden soll, daher beschließe ich, das Bett als Ganzes zu bitten, mich morgen nach Sarajevo zu bringen. Unterdessen kaufe ich das Ticket im Reisebüro in der Rue Etienne Marcel, gleich bei mir um die Ecke. Man soll nur nicht glauben, ich wollte mir einen Vorteil verschaffen und mit meinem Bett verreisen, ohne zu bezahlen!

Ich wache dann in Sarajevo auf, mein Schlafzimmer ist in Sarajevo. Na bitte, genau so möchte ich um die Welt reisen.

Organisiert hat die Reise Mirsads Tante Milica. Nach Mirsads x-tem Anruf meldet sie sich telefonisch bei mir und stellt sich vor:

»Ich bin Milica, ich rufe aus Sarajevo an, mir obliegt die bestmögliche Organisation Ihrer Reise und die Aufgabe, für Ihr Wohlbefinden in Sarajevo zu sorgen. Ich werde mich um alles kümmern, was Sie brauchen. Ich stehe zu Ihrer Verfügung.«

»Danke Milica. Ich freue mich darauf, Sie kennenzulernen. Geht es Mirsad etwas besser, oder hat er immer noch Fieber?«

»Das kann ich Ihnen nicht sagen, Signora Toptani, es gehört nicht zu meinen Aufgaben, Ihnen Informationen über Mirsad zu geben. Er hat mich nur darum gebeten, mich um Ihre Reise zu kümmern.«

Im Allgemeinen habe ich die Erfahrung gemacht, dass die Leute ausgesprochen gern verreisen. Das Reisen verleitet sie zu der Hoffnung, in einem anderen Land, in einem anderen Klima und in einer anderen Sprache das zu finden, was ihnen dort, wo sie sind, fehlt. Oft habe ich meine Freunde wie Menschen abreisen sehen, die sich aus einem Gefängnis befreien. Denn die Freiheit ist *immer* auf der anderen Seite. Bis die andere Seite dein Domizil wird. Dann beginnt die Reise ins Anderswo, das es nicht gibt, wieder von vorn.

Was treibt meine Mitmenschen bloß dazu, auf Reisen zu gehen, ständig auf endlose Reisen zu gehen?

»Den Menschen fehlen die Wurzeln, darum verweht sie der Wind«, hätte eine Blume in der Ewigkeit jetzt dem kleinen Prinzen zugeflüstert.

Ich schämte mich in Grund und Boden, weil ich so am Leben hing (nur noch drei Tage bis zur Abreise, das Trojanische Pferd hat Troja zu Fall gebracht).

Millionen Menschen haben weitaus kürzer gelebt als ich – warum nur klammerte ich mich so jämmerlich ans Leben? So, wie es beginnt, kann es auch aufhören. Ich muss das einfach nur akzeptieren.

Ich kämpfte um meine Selbstbeherrschung: Wenn es denn sein soll, dann stirbst du eben! So machte ich mir Mut, als ich die Gangway erklomm. Ich ertappte mich in dem angsterfüllten Schwebezustand, in dem ich nur kleinlaut und reglos dasitzen kann und mir nichts weiter übrigbleibt, als nach der Angst der anderen zu spähen oder nach einem Anzeichen für ein bevorstehendes Unglück Ausschau zu halten; in den Gesichtern der Stewardessen zu lesen, ob die Apokalypse jetzt, sofort, beginnt oder ob uns noch etwas Zeit bleibt; Wasser zu trinken und mir unter dem Vorwand, in den Waschraum zu gehen, von Zeit zu Zeit die Beine zu vertreten. (Ich erinnere mich, in der Zeitung vom Tod eines Mädchens im Flugzeug gelesen zu haben, das sich auf der Reise nicht die Beine vertreten hatte. Ihr junger Körper wurde träge, bis er sich überhaupt nicht mehr bewegte. Den Mitreisenden fiel der Tod des Mädchens gar nicht auf, sie bemerkten ihn erst, als sie als Einzige nicht aus dem Flugzeug steigen wollte: Unser Körper, dieser Verräter! Ich habe es immer gewusst.)

Ich umklammerte die Armlehnen meines raumsparenden Sitzes. Ich war in Alarmbereitschaft.

Zu schlafen hatte ich mir nicht erlaubt. Wäre ich eingeschlafen, wäre das Flugzeug abgestürzt. Soviel stand fest. Eine gänzlich unbekannte, heimliche Vorsehung befahl mir: »Bleib mit all deinen Sinnen wach! *Mit all deinen Sinnen!*«

Ich hatte keine Wahl, mit meinen Händen und meiner hochkonzentrierten Aufmerksamkeit lenkte ich das ganze Flugzeug. Damals, als ich es zwischen Japan und Paris oben gehalten hatte, dauerte es mehr als einen Monat, bis ich mich von den Schmerzen im Nacken erholt hatte, wo sich ein grausamer, widerspenstiger kleiner Muskel dafür rächte, dass ich ihn fünfzehn Stunden lang ununterbrochen beansprucht hatte.

Der Physiotherapeut erkundigte sich neugierig, was ich denn bloß angestellt hätte, um dermaßen verspannt zu sein. Ich sagte ihm die reine Wahrheit: Ich hatte mit meiner Aufmerksamkeit, mit meinen Händen, Armen und Muskeln das Flugzeug von Kyoto nach Paris in der Luft gehalten.

Hin und wieder versuchte einer der Mitreisenden, mich zum Zeitvertreib mit einer Zeitung oder einer banalen Frage abzulenken, doch die Stimme der heimlichen Vorsehung rief:

»Vorsicht! Bleib auf der Hut, es passiert immer dann etwas, wenn du es am wenigsten erwartest!«

Ich hatte ein paar Glückliche bemerkt, die schliefen (sie konnten auch unbesorgt sein, weil ja ich das Flugzeug oben hielt). Manchmal sah ich ähnlich entsetzte Gesichter wie meines, Blicke, die an jedem beliebigen Gegenstand Halt suchten: an Nothebeln, Ausstiegsluken, Faltblättern mit Rettungshinweisen, dem Glas Wein, dem nächsten Glas Wein, dem miserablen Essen, den Beinen der Stewardess, ihrem tadellosen Lippenrot im Angesicht des nahen Unglücks, ihrem Mut. So jung.

Nach diversen Flügen, auf denen ich mir Duelle mit dem Tod geliefert hatte (für den ich ja vielleicht noch nicht reif war, obwohl ich mich fortwährend und zu Recht fragte: Warum denn eigentlich nicht sterben?), überkam mich ein bislang unbekanntes Gefühl. Ich fand Gefallen am Fliegen. Zunächst war dieses Gefühl unterschwellig, schüchtern und kaum wahrnehmbar. Ich war alles andere als gegen Angst gefeit, doch zugleich schlich sich während der Flüge eine heimliche Sinnlichkeit ein. Ich will noch mehr verraten: Wenn die riesige Maschine auf der Startbahn in Fahrt kam – ich meine die von einem ständig anschwellenden Lärm begleitete Fahrt – wurde mein Körper von einem noch unerforschten Rausch durchrieselt, während sich parallel dazu in alter Treue meine Angst entwickelte.

Mir war, als katapultierte man mich zu einem Ort ohne Gedanken. In wenigen Minuten würde ich in einem kühlen Federbett versinken, wo die Welt verschwunden sein würde, heruntergefallen wie eine Orangenschale. Mehr noch: Dieser Aufstieg ins Nichts sollte bitte nicht enden, es war klar, dass er mich vor der Erde rettete, vor ihrer Schwerkraft, die manchmal leer macht.

Ich überlegte, wo ich hingeraten würde, wenn ich so ohne Ziel und Zeit weiterflog. Als Antwort ragte eine graue Stahlbetonmauer gravitätisch vor mir auf: Das Abbremsen würde mit dem großartigen Gefühl des Aufstiegs nicht mithalten können. In meinen Gedanken würde das Finale, jawohl, ein Aufprall sein, auch wenn ich mir das im Konkreten nicht wünschte: Ich wollte mir doch nicht weh tun! Ich wollte doch keinesfalls nicht mehr existieren! Ich wollte mir doch nicht den Körper ruinieren! Ich wollte doch nicht sterben, mir lag daran, am Leben zu bleiben, denn letztlich gefiel mir das Leben, obwohl es mir nicht gefiel.

Nachdem ich das Phänomen des Rausches beim Start kennengelernt hatte, sagte ich mir, dass ich nun vielleicht – *vielleicht* – die Männer und ihre Lust, sich Formel-Eins-Rennen anzusehen, verstand. Meiner unbändigen Neugier gehorchend, fragte ich die Herren der Schöpfung, ob es sich dabei um dasselbe Gefühl handelt, das dich auch gegen die Rückenlehne drückt, das dich gegen deinen Willen Gefallen an dieser verrückten Raserei finden lässt, und ob das, was sie so in Ekstase versetzt, nicht zufällig die orangefarbene und später glattrote Flüssigkeit sei, die dir zu Kopf steigt und angenehm die Sicht trübt. Sie bestätigten das. Und setzten noch eins drauf: Beim Formel-Eins-Rennen sei dieses Phänomen noch hundertmal, tausendmal stärker, umfassender, heftiger.

Ich dachte, dass es mir durchaus gefallen könnte, einen Formel-Eins-Wagen zu lenken. Doch es würde mir garantiert schwerfallen, die Fahrt wieder abzubremsen, dieses berauschende Crescendo, das, wenn es nach mir ginge, lieber schlagartig aufhören sollte. Mit einem kurzen Aufprall. Auch wenn ich das körperlich gar nicht möchte. Das sind Gedankenspielereien, weiter nichts.

Hier nun der Grund, warum ich nicht fürs Reisen geboren bin: Jedes Mal, wenn ich verreise, muss ich mit der Traurigkeit leben, die mir bei keinem Ortswechsel erspart bleibt. Das Vergehen der Zeit wird noch akuter, es ist, als tauchte man mich in ein tragödienschwarzes Trinkglas. Schließlich geht mir etwas Namenloses verloren, und ich werde vor mir selbst namenlos; das ist ein äußerst schmerzhaftes Symptom, soviel kann ich versichern. Ich beginne mich schmutzig zu fühlen, obwohl ich mich so intensiv wasche, dass meine Haut brennt. Dann fange ich an, mehr als üblich zu essen.

Ursprünglich wollte ich mir dort, wo ich hinfahre, bestimmte Dinge anschauen, Dinge, die mir, solange ich zu Hause in meinem Alltagsleben bin, sehenswert erscheinen. Nach meiner Ankunft vergeht dieser Wunsch. Ich werde durch und durch zum ziellosen Herumtreiber.

Meine Sinne sind auf eine andere Art als sonst prall und wach. Das Neue verlangt mir eine Aufmerksamkeit ab, die mich teuer zu stehen kommt, denn ich gebe mich ungeschützt hin (darum waren mir auch schon immer Menschen lieb, die nicht maßhalten konnten und sich zu sehr exponierten: Majakowski, Jessenin, Sacher-Masoch, Van Gogh, Robert Walser, Simone Weil usw.).

So ist das auf allen Reisen, sogar im Zug. Die Fahrt des schläfrigen Körpers lullt den Geist ein, während du stundenlang auf den grauen Teppichboden, auf die durch das unermüdliche Dahingleiten nahezu unsichtbare Landschaft und auf die pausenlos essenden Mitmenschen starrst. Diese dem Anschein nach ereignislose Fahrt kann etwas gegen dich im Schilde führen.

Das Kindergejammer wird langsam anstrengend. Du kannst es kaum erwarten, dass Mutter und Tochter aussteigen. Sie tun es an der nächsten Station, du kannst endlich aufatmen. Ich wende den Kopf, um in Gedanken ein Foto zu machen, ein Bild von den freien Plätzen, auf denen Mutter und Tochter eben noch gesessen haben. Die Sitze sind wunderbar leer.

Mein Auge hat (im Bildausschnitt des Fotos) eine beigefarbene Tasche entdeckt, die die beiden guten Frauen unter dem Sitz vergessen haben. Was tun? Der Zug steht bereits seit zwei Minuten, in zwanzig Sekunden wird er weiterfahren, die Frauen sind schon eine Weile weg. In welche Richtung sie wohl gegangen sind? Selbst wenn ich mich beeilte, könnte ich sie nicht mehr finden, und wohin müsste ich überhaupt laufen?

Eine weiße Schlange, harmlos wie ein Pilz, taucht auf und empfiehlt mir: »Behalte die Tasche!«

»Es werden Sachen für die Kinder darin sein, was soll ich damit?«

»Darum geht es doch gar nicht. Es geht um ein bisschen Abwechslung auf dieser langweiligen Reise. Sei neugierig, weiter nichts! Für eine halbe Stunde entdeckst du, was in einer Tasche steckt, die dir nicht gehört. Das ist doch wohl immer eine Überraschung, oder? Überraschungen halten dich fit!«

»Ein verlockender Gedanke, aber das nennt man ›sich fremden Eigentums bemächtigen‹, oder auch ›Diebstahl‹, meinst du nicht?«

»Nein«, behauptet die weiße Schlange. »Nein, das sind doch Kindersachen, du benutzt sie ja nicht, du siehst sie dir bloß an ... Richtiger Diebstahl ist geplant, der betrifft Dinge, die du unbedingt haben willst. Es gibt viele Arten von Diebstahl, doch das ist wieder eine andere Geschichte und außerdem viel zu kompliziert ... Der Zug ist abgefahren, siehst du? Er rollt schon weiter! Jetzt sind die beiden weg ... Aber die Tasche, die ... die scheint ja direkt was wert zu sein! Die kannst du behalten. Den restlichen Kram kannst du getrost auf dem Sitz liegenlassen, irgendwer wird ihn schon an bedürftige Kinder weitergeben.«

Ich beschließe, mich der Tasche zu nähern, anstatt sie zu mir heranzuziehen, und werfe einen Blick auf die Leute im Zug. Die meisten schlafen hemmungslos, nachdem sie sich bis zum Gehtnichtmehr den Bauch vollgeschlagen haben.

Ich nehme mir vor, die Tasche eine kleine Reise machen zu lassen. Unter dem Sitz hervor und auf den Sitz. Dann, mehr aus der Nähe, werde ich weitersehen. Ganz langsam.

Ich strecke die Hand aus und merke, dass ich die Lederhenkel der Tasche erwischt habe.

Zu meinem großen Erstaunen bricht eine donnernde Männerstimme los: »Na aber! Entschuldigen Sie mal! Was machen Sie denn da?!«

»Die Damen«, erkläre ich zitternd, »die Damen, die gerade ausgestiegen sind, die ... Mutter und Tochter, haben ihre Tasche vergessen, ich stelle sie nur eben auf den Sitz.«

»Das ist aber meine Tasche!«, schreit der Mann verdutzt und mit hochrotem Gesicht. »Die Diebe von heute werden auch immer raffinierter – ein sanftes Frauengesicht und sogar ein Buch in der Hand!«

Das Gebrüll des Mannes hat die anderen Fahrgäste geweckt.

Normalerweise versucht man in so einer Situation, sich klammheimlich zu verdrücken, zumindest hätte ich das getan. Doch ich sitze in dem verdammten Zug fest, bis zum Ende der Reise nur etwa siebzig Zentimeter von dem Mann entfernt, dem ich die Tasche *stehlen* wollte.

Mir gegenüber entdecke ich ein Gesicht, das mir bisher nicht aufgefallen ist, bestimmt weil es schlief. Dieses Gesicht lächelt mir die ganze Zeit verschmitzt zu. Das Lächeln der Mona Lisa in männlicher Version.

Die Fahrt geht weiter, diesmal muss ich darauf verzichten, mir die Beine zu vertreten, selbst auf die Gefahr hin, mein Leben zu verlieren. Meine Blicke treffen auf das Lächeln der männlichen Mona Lisa. Wohin ich sie auch wende, immer gelingt es ihm, sie aufzufangen, er will mir zu verstehen geben, dass er mich gut findet, dass er auf meiner Seite ist, dass ich ihm sympathisch bin und dass das, was ich getan habe, ihm sehr, aber auch sehr, gefallen hat.

Dazu also führt das Stillsitzen (die Schlange ist verschwunden): Dein Geist, obwohl grenzenlos, reicht nicht aus, um dich zu retten. Deine Blicke, die stundenlang über denselben Fußboden schweifen, über dieselben Sitze, über die Landschaft, die wie sie so dahingleitet eintönig wird, wecken in dir die Lust, in fremden Taschen herumzuschnüffeln. Wie nach Albanien, wie nach den großen Abschottungen. Genau so wird man zum Dieb! Wenn man eingesperrt ist und nur in der Phantasie reisen kann.

So sind zwei meiner besten Freundinnen zu Diebinnen geworden. Eine gewisse Signora Franca aus Mailand hatte sie netterweise eingeladen. Franca liebte es, Gutes zu tun, und noch lieber stellte sie es zur Schau. Meine Freundinnen mussten an sämtlichen von Franca organisierten Versammlungen der Kirchengemeinde und an den Abendessen mit Francas Freunden teilnehmen. Es musste kundgetan werden, dass Franca ein großes Herz hatte. Für zwei blutjunge Mädchen ist das kein Problem. Sie machten bei diesem Spiel gern mit.

Dank Franca entdeckten sie, dass sie Diebinnen waren. Am Anfang ihrer Sünde stand eine Dose mit Erdbeeren aus Zucker, die im Mund eine schwammige Konsistenz annahmen. Diese Erdbeeren waren viel größer als die echten Früchte, auch das faszinierte meine Freundinnen sehr. Da sie bereits früher hatten zugreifen dürfen, griffen sie auch mehrmals auf eigene

Faust zu, um ihre Retterin und Beschützerin nicht zu stören. Zumal Franca (nach dem Abendessen vor allen versammelten Freunden) versichert hatte, dass sie so viele Erdbeeren essen könnten, wie sie wollten. Sie durften sie also auch ganz aufessen! So kam es, dass die Dose leer wurde.

Während sie sich an den Erdbeeren gütlich taten, benutzten sie auch das Telefon und sagten Franca – immer noch, um sie nicht zu stören – nichts davon. Wir sind hier doch im Westen! Hier ist doch alles kostenlos! Die Erdbeeren werfen sie dir auf der Straße nach (sie hatten den Ort, wo sie dir die Erdbeeren nachwerfen, noch nicht gesehen, doch Franca würde ihnen den gewiss bald zeigen). Etwas Geduld bitte, wir sind ja gerade erst angekommen! Außerhalb von Albanien ist das doch so – alles ein einziges Lächeln, streck die Hand aus und nimm! Telefon, Erdbeeren, Erdbeeren und Telefon, bis sie sich überrascht vor der Tür wiederfanden, als Diebinnen. Als durchtriebene, ausgemachte Diebinnen.

In Sarajevo ist es sehr kalt. Die Gesichter der Alten in den Balkanländern sehen aus, als entstammten sie den Bildern von Bruegel, sie haben den Geruch des Mittelalters an sich. Die Sonne hat die Gesichtszüge verbrannt, die Haut ist erdfarben und rissig, genau wie der wasserlose Boden. Die Alten fügen sich in eine Art Verhängnis, das sie allzu demütig und fast schon unterwürfig macht. Wenn sie lachen, lachen sie mit dem blanken Zahnfleisch, bisweilen taucht auch ein vom Leben versehentlich stehengelassener Zahn auf. Selbst ihre Jacken und ihre Hosen fügen sich jenem Verhängnis, das sie mit erloschenem Lächeln annehmen. Die meisten sind großzügig, das Alter hat ihnen das giftige Kraut, das sie auf ihrem Weg begleitet hat, aus der Seele gerissen, die Pflanze, die sie mit so viel List gegen andere und gegen sich selbst eingesetzt haben.

Die Jacke, dem Verhängnis preisgegeben, ist immer viel größer als der Körper, den sie umhüllt. Die Schultern hängen ungleichmäßig herunter. Immer ist da eine Art Staub, der sich auf alles legt, auf die Schuhe, auf die Haare, unter die Fingernägel, auf den Atem. Diese Leute leben sehr dicht an der Erde. Manchmal (bei den jüngsten) ist ihr Geruch nach Schweiß und Grappa mit Parfüms der neuesten Mode unterlegt, Calvin Klein oder Armani. Das Parfüm und die Kleidung aus Italien oder Frankreich bringen sie nach Europa. Sie wollen Europa, sie brauchen es, doch das verhehlen sie aus Stolz sehr oft. Sie sagen, sie können darauf verzichten, sie können auf alles und jeden verzichten. Aus dieser Negation erwächst das, was ich kühn als Balkansyndrom bezeichnen möchte, das Gefühl, im Mittelpunkt der Welt zu sein, der Mittelpunkt der Welt zu sein.

Die Albaner erzählen dir ständig, dass die Vereinigten Staaten keinen Mucks tun, ohne vorher die Meinung Albaniens eingeholt zu haben, doch das halte man geheim. Und die Serben erzählen, dass es Serbien schon gab, als es die Welt noch gar nicht gab: Die Welt von heute ist also nichts anderes als Ex-Serbien.

In Tirana, Sarajevo und auf Kreta tut es einem in der Seele weh, die auf Haut und Knochen abgemagerten Tiere zu sehen, ihren Bauch, der sich zur Wirbelsäule wölbt. Blutflecken bedecken ihr Fell. Sie sehen aus wie Landkarten von wer weiß welcher Region, wandelnde, blutige Landkarten. Sie gehen zu keinem Menschen. Sie haben gründlich gelernt, was Angst und Schrecken sind.

In dieser Gegend haben die Menschen keine Zeit für Tiere. Sie haben sie sogar aus ihrem Leben gestrichen. In Tirana wirft man immer noch mit Steinen nach Hunden, und es gibt Gesetze, nach denen man sie mit Revolverschüssen ausrotten darf. Diese Gesetze gab es schon im kommunistischen Albanien, wo die Nachtruhe durch Schüsse auf Hunde gestört wurde. Dort braucht man keine treuen Geschöpfe. Dort braucht man Geld. Und zwar sofort.

Da ich abends eintreffe, gerate ich in ein Abendessen. Mirsad hatte mir versprochen zu kommen, weil man es für ihn veranstaltet hatte, er hätte also trotz seiner fünfmonatigen Klausur das Haus verlassen müssen. »Wenn du mich in Sarajevo besuchst«, hatte er am Telefon gesagt, »gehe ich aus dem Haus. Ich lasse dich doch nicht allein unter lauter Fremden. Milica wird ein zünftiges Abendessen bereiten, du wirst es nicht bereuen; bestimmt hast du die Abendessen bei uns zu Hause schon vergessen!« Dann, im letzten Augenblick, beschloss er, doch nicht zu kommen. Er überlegte es sich anders. »Ich fühle mich nicht so«, sagte er zu seiner Tante, die uns das wortwörtlich ausrichtet. Mirsad tue es sehr leid, doch er könne nicht kommen. Er werde mich am nächsten Tag treffen, es sei besser, wenn ich allein zu dem Essen ginge. Der Gedanke, unter so vielen Menschen zu sein, gefalle ihm nicht mehr. Er habe sich geirrt und bitte um Verzeihung. Er sei noch nicht so weit, wieder aus dem Haus zu gehen.

So fand ich mich also neben einem Jungen aus dieser Stadt wieder, garantiert ein Freund von Mirsad, ein langer, kräftiger Kerl, strotzend vor Größe und Fleisch, vor Lippen und Augen, ganz so, wie es in dieser Gegend sein muss, und er legt los, um die Vorzüge von Sarajevos Wasser aufzuzählen. Ahmed, so heißt mein Tischnachbar, lobt die Albaner mit ihrem Raki und die Griechen mit ihren Oliven und ihrem inzwischen entschwundenen Sokrates.

Nie werde ich den Tag vergessen, an dem mich meine Freundin Dhurata einen ganzen Nachmittag lang von den Vorzügen des albanischen Raki überzeugen wollte. Sie erklärte mir mit weiter als gewöhnlich aufgerissenen Augen, dass die Deutschen die seltenen Heilkräfte unseres »Nationalgetränks« entdeckt hätten. Der Raki ist, wie allseits bekannt, die Grappa, die in vielen Ländern der Welt genauso hergestellt wird wie in Albanien: Die Trauben wachsen mit den Wurzeln im Boden, die Trauben reifen heran, die Trauben werden geerntet, die Trauben werden in Albanien mit den Füßen, in Italien oder in Frankreich mit irgendwelchen Maschinen oder was weiß ich zerstampft, die Trauben werden zum Kochen gebracht, der Dampf wird in kalten Leitungen in kristallklaren Tropfen aufgefangen – und am Ende bekommt man das wertvolle Nass, das zum Lachen und zum Weinen bringt und das auf unseren heimischen Hochzeiten zu Raufereien und zu Schüssen in die Luft führt.

Allerdings, erzählte meine Freundin Dhurata an jenem Nachmittag weiter, habe die albanische Grappa die Kraft, dich von jeder Krankheit zu heilen. *Das s-a-g-e-n d-i-e D-e-u-t-s-c-h-e-n!* Nach diesem feierlichen Satz muss sie ein wenig Stille einkehren lassen, um diese Entdeckung entsprechend zu würdigen. So gibt sie zu verstehen, dass – jetzt haben wir's! – »es immer die anderen sind, die unsere Bedeutung erkennen!« Kein Zweifel, Albanien ist der Mittelpunkt der Welt, doch momentan wissen das leider nur die Albaner.

Wenn ihr, ihr anderen Völker, euren Durst mit albanischem Raki löscht, wird jedes eurer Leiden geheilt: Depressionen, Magengeschwüre, Herzprobleme, Angstzustände, Globalisierung und so weiter.

Ich bin kleinmütig und vertraue nicht besonders auf die Heilkräfte der albanischen Grappa, vielleicht deshalb nicht, weil ich aus Albanien weggegangen bin (das Schaf, das sich von der Herde entfernt, wird vom Wolf gefressen): Es ist wahr, auf meinem Weg fort von der Herde hat mich der Wolf erwischt und mich ziemlich aufgefressen. Ich mache aufgefressen weiter.

Inzwischen bin ich eine richtige Ausländerin geworden. Wenn man dermaßen ausländisch ist, betrachtet man das Ganze anders als einer, der drinnen ist. Bisweilen führt es zu großer Melancholie, wenn man dazu verdammt ist, die Dinge von außen zu betrachten. Es ist, als ginge man zu einem Familienessen und könnte nicht daran teilnehmen; ein eisiges Fenster schiebt sich dazwischen. Aus ordentlich dickem Glas, schützt vor Kugeln, schützt vor Berührung. Die anderen mustern dich, erkennen dich, winken dich herein, und du siehst sie und antwortest mit den gleichen Gesten, doch das Essen wird dort gegessen, wird ohne dich gegessen. Nach kurzer Zeit hören sie auf, dich einzuladen, sie werden überdrüssig, das Brathähnchen lächelt sie an; das zur rechten Zeit aus dem Ofen gezogene Brathähnchen ist ein wahrer Trost. Ihre Worte sind nicht zu hören. Ihre Wärme fern. Du bleibst der Zuschauer.

Ich trinke das Wasser von Sarajevo und fange an, mich wohl zu fühlen, wirklich wohl. Die Leute sind herzlich, und ich bin froh, hergekommen zu sein. Manchmal tut Reisen gut. Außerdem werde ich Mirsad wiedersehen. Milica geht zwischen den Tischen umher, redet mit den Leuten, erkundigt sich, ob sie sich wohl fühlen, ob etwas fehlt. Dann verschwindet sie in der Restaurantküche und kehrt mit Tellern und Besteck zurück. Sie ist eine Frau um die fünfzig, kleidet sich bunt, und man sieht, dass ihr das Leben ordentlich zugesetzt hat. Ein bitterer Zug liegt auch dann auf ihrem Gesicht, wenn sie versucht, fröhlich zu sein. Freude gehört nicht mehr zu ihrer Welt. Natürlich weiß sie noch genau, wie man ein Lächeln aufsetzt, doch wenn sie lächelt, ist sie anderswo. Sie scheint keine Familie zu haben, und doch erkennt man die Züge einer Mutter an ihr. Sie hatte einen Mann und vielleicht mehrere Kinder, doch jetzt ist sie von Einsamkeit umgeben.

»Hast du dich im Westen gut eingelebt?«, fragte sie mich irgendwann. Ihre Frage hatte etwas Herausforderndes. Sie fügte hinzu: »Der Stein hat Gewicht, wenn er am rechten Fleck ist!«

Sie legt die Servietten hin, lässt mir die Schlüssel fürs Hotel da und geht zurück, um weiter zu bedienen.

Mein Freund Dušan kommt mich bei der ersten Gelegenheit besuchen. Wir sind in Paris, der Balkan ist weit weg.

Wir sind uns im Himmel begegnet, im Flugzeug. Er kam auf mich zu und sprach mich auf »Slawisch« an. Ich musterte ihn kurz. Er sah gut aus. Ich sagte ihm auf Englisch, dass ich kein Slawisch verstehe.

»Woher kommst du?«, fragt er, nun auch auf Englisch.

»Aus Albanien«, antworte ich missmutig, denn mit Albanien auf den Schultern hat man schwer zu tragen, oft muss man einen Haufen Dinge erklären: »Welche Sprache spricht man denn in Albanien? Hat sie wirklich so viel Ähnlichkeit mit dem Italienischen, ihr Albaner sprecht doch alle italienisch? Wie hieß euer Diktator gleich nochmal? Ihr seid ein slawisches Volk, oder? Wie geht's denn heute so in Albanien? Sind alle Albanerinnen so wie du? So groß? Und schrecklich diese Albaner! Was für ein grausames Volk! Sie haben ihre Schwestern auf den Strich geschickt!«

Auch Dušan fängt an zu staunen: »Dann bist du also Albanerin.«

Er setzt sich neben mich, und wir unterhalten uns die ganze Reise über.

Ich betrachtete sein Gesicht aufmerksam. »Betrachten« ist stark untertrieben, das muss ich zugeben, ich habe es verstohlen gemustert, beobachtet, gelesen, ausgespäht, beschaut, bewundert, angestarrt, verzehrt, verschlungen. Weiße Haut, braunes Haar, dunkle, verträumte Augen, eine gerade, fein gezeichnete Nase, eine elegante Nase für zarte Düfte, Lippen zum Anbeißen und eine Haut – habe ich schon erwähnt, dass sie weiß war? Besser gesagt, seine Haut war blutleer, so blass wie meine. Seine Hände, die nie gearbeitet haben, waren perfekt gepflegt. Er sprach englisch mit schwerem Akzent, war groß und athletisch. Er sah gut aus, oh ja, sehr gut, und außerdem roch er nach Mann. Ich hörte ihm zu und dachte: Na, da hast du nun also einen von denen vor dir, die dir mit traumverlorenem Blick ein Bajonett in den Bauch rammen; das ist einer von denen, die dich vor den Augen deiner Familie vergewaltigen und dir anschließend das Gehirn an der Hauswand zerschmettern.

Dušan ist einer der freundlichsten Menschen, die ich in meinem Leben kennengelernt habe, doch zahllose Geschichten von Krieg und von Gräueltaten zwischen Serben und Kroaten, Serben und Bosniern, Serben und Kosovo-Albanern verstopften mir den Kopf, während er mir erzählte, dass er Modefotograf werden wolle. Dušan hatte genauso ein Auge auf mich geworfen wie ich auf ihn. Wir vergaßen, dass wir Einzelwesen waren, für einen kurzen Augenblick zogen wir unsere Völker hinter uns her wie eine schwarze Rauchwolke. Später sagte er aus Spaß zu mir: »Shqiptarko jedan.« Das ist ein verächtlicher serbischer Ausdruck und bedeutet so viel wie »Scheiß-Albaner«.

Dušans Scherze waren gutmütig, er hatte einfach einen Drang, solche Scherze zu machen, einen unbezwinglichen Drang. Solche Scherze brachten ihn zum Lachen. Oh, sehr zum Lachen! Dieses Lachen linderte sogar seinen Emigrantenkummer und die Schlaflosigkeit, die seine langen, westlichen Nächte verkürzte. Dann war er für einen Moment wieder in seinem geliebten Serbien. In den Armen seiner Großmutter! Aus seinem Lachen brach ein verwundetes Tier hervor. Je mehr er lachte, umso fester wurde meine Umarmung, und ich flehte ihn an, doch nicht so verzweifelt zu sein, denn ich hätte ihn sehr gern! Schließlich sei Serbien gar nicht so weit weg! Serbien liege fast vor der Tür!

Dann erzählte ich ihm meinerseits, dass ich gern Modefotografin werden wollte.

In Dušan wohnte eine gewaltige Kraft, sie durchdrang ihn geradezu. Er ging von seinen Dämonen und von seinem Serbien erdrückt umher. Oft trug er einen knöchellangen Mantel aus schwarzem Samt. Von weitem war er zwei Meter Schwarz, das einem Angst einjagte. Sein verträumter Blick machte einen glauben, dass ein Konzentrat purer Gewalt in ihm stecken müsse. Wie bei Leuten, denen man die Wut anmerkt, die sie verzehrt. Meine Vermutungen über Dušans Wesen müssen falsch sein, denn er ist und bleibt ein netter Kerl.

Als ich ihn im Laufe der Jahre besser kennenlernte, sah ich mit an, wie seine »dunkle Kraft« ihn gierig zerfraß. In nur sechs Monaten verwandelte sich sein athletischer Körper (Dušan hatte viele Stunden im Fitnesscenter verbracht; er wollte, dass sein Körper seiner Seele glich: stark, männlich, schnell, markant, serbisch) in einen Berg von Fett, und sechs Monate später sprach ein Skelett, das sich kaum noch auf den Beinen halten konnte, mit seiner Stimme. Nach drei weiteren Monaten waren seine Augen noch verträumter als zuvor. Hinter der Iris war Leere. Eine verbissene Freude begleitete seine Bewegungen, seine Worte, seine ganze

Person. Er schlief den lieben langen Tag und war nachts wach. Seine nächtliche Beschäftigung war das Fernsehen, ein Programm nach dem anderen, einen Film nach dem anderen, ein regelrechter Marathon gegen Denken und Fühlen.

Er hatte entdeckt, dass er Bananen mit Honig mochte. In seinem acht Quadratmeter großen Zimmer im sechzehnten Arrondissement gab es orthodoxe Ikonen, Myrrhestückchen, Fotobücher, Bananen und Honig. Er litt unter Paris und dem Westen. Doch er übte sich noch ein bisschen in Geduld, bevor er Konsequenzen zog. Er traf sich mit niemandem mehr. Ich war der einzige Mensch, mit dem er noch Umgang haben wollte.

»Lepa Ženo!«, rief er, sobald ich an der Tür erschien. »Lepa Ženo« heißt auf Serbisch so viel wie »schöne Frau«. Er nahm mich in die Arme, hob mich hoch und hielt mich so fest, dass ich keine Luft mehr bekam.

»Ah, Lepa Ženo! Nur hier bei dir fühle ich mich wohl! Ich fühle mich wirklich genauso wie damals, als ich klein war und meine Oma besuchte, die mich mehr als alles auf der Welt liebte. Ich fühlte mich beschützt und im Warmen, und ich starb nicht, langweilte mich nicht, war ewig. Hier bei dir, in deiner Wohnung, liegt ein verborgener Hauch von Belgrad in der Luft, auch wenn wir in Paris sind.«

»Lepa Ženo!«, wiederholte er, und seine Seligkeit kletterte noch ein paar Stufen höher, »wir beide, ich und du, müssen ein Kind machen! Jetzt, sofort! Ich pflanze dir einen kleinen Serben in den Bauch.« Bei diesen Worten fasst er mir mit beiden Händen auf den Bauch. »Wir müssen das als Zeichen des Friedens zwischen Serben und Albanern tun.«

Er lachte glücklich über diesen Einfall. »Einen Sohn, halb Albaner, halb Serbe, darum nennen wir ihn Slobodan!«

Er schüttelte sich vor Lachen, seine Gesichtszüge entgleisten, und er hatte nichts Menschliches mehr an sich. Als er sich gefangen hatte, fuhr er fort: »Ich muss dir unbedingt den neuesten Witz aus Belgrad erzählen: ›Die Serben nehmen dreißig Albaner gefangen. Sie greifen sich die ersten zehn und fragen sie:

– Wollt ihr Serben werden?

– Nein, antworten stolz die Albaner.

– Erschießt sie!, lautet der serbische Befehl. Die ratternden Maschinengewehre strecken die erste Reihe der Albaner nieder. Die serbischen Soldaten wenden sich an die zweite Reihe:

– Wollt ihr Serben werden?, wiederholen sie die Frage.

– Mal sehen, viellei...

– Erschießt sie!, lautet erneut der serbische Befehl. Die zweite Reihe der Albaner liegt leblos am Boden. Bleibt nur noch die dritte Reihe.

– Und? Werdet ihr Serben?

– Ja, antworten einstimmig die Albaner. JAWOHL!

– Erschießt sie!

– Aber wieso?, fragen die Albaner fassungslos. Wieso denn? Wir sind doch Serben geworden! WIR SIND SERBEN!

– Tja, auch auf serbischer Seite gibt es Verluste zu beklagen!‹«

Ich muss meinem Freund Dušan schnell ein Glas Wasser bringen, damit er nicht ohnmächtig wird, er ist vor lauter Lachen schon ganz blass. Ich laufe zum Wasserhahn und fülle ein Glas (ich habe welche gekauft, die so gut wie nichts kosten, solche schweren aus grünem Glas, weil sie genauso aussehen wie die in Tirana: So versuche ich, meine abwesende Vergangenheit in meine jetzige Wohnung einzubauen).

Als sich Dušan nach seinem Lachanfall über das Kind, das wir zusammen machen werden, und über die Erschießung der Albaner durch die Serben beruhigt hat, fragt er mich, ob ich eine Tasse Salep für ihn hätte.

Salep ist ein heißes, zuckersüßes Getränk, das aus der Türkei stammt. In den Balkanländern kennt man es durch die lange osmanische Herrschaft.

Als ich einmal durch die kleinen Läden in der Rue du Faubourg Saint-Denis streifte, wo ich zwischen Polen, Juden, Türken und Indern immer den Duft Albaniens in der Luft suche (und manchmal auch finde), stieß ich auf Salep, dessen Existenz ich schon ganz vergessen hatte. Voller Nostalgie und Zärtlichkeit erinnerte ich mich daran, dass der Aufguss dieses Pulvers einen köstlichen Duft verbreitet, der *Tausendundeiner Nacht* in nichts nachsteht.

Dušan hält den tröstenden, kochend heißen Salep in der Hand und sagt: »Der Witz hat dir gefallen, was, Lepa Ženo?« Dann fügt er hinzu: »Diesmal habe ich auf den Straßen von Belgrad einige Sprüche gesehen, du weißt schon, diese bunten Graffiti an den Hauswänden. Eine Parole tönte triumphierend: ›Groß-Serbien bis nach Tokio!‹«

Der Balkan ist spannend.

Der Bosnier Ahmed hier in Sarajevo sieht genauso gut aus wie Dušan. Er hat wie Dušan verträumte Augen, und zu Beginn des Abendessens ist er schweigsam. Er hält sich abseits. Isst nichts. Beobachtet lieber und trinkt. Irgendetwas Klares, Gelbes, vielleicht Whisky. Jemand erzählt mir, er sei Filmregisseur. Über den Tisch laufen verschiedene Sprachen.

Das Essen kommt. Als Auftakt wird uns ein kleiner Teller mit sorgfältig dekoriertem Salat serviert. Die Bosnier rühren ihren Salat nicht an. Sie warten lieber noch. Der kleine Salat ist eine Art Schmuck, ein Tischritual, bevor die eigentliche Mahlzeit kommt: das Fleisch. Sie verkürzen sich das Warten also mit der kristallgelben Flüssigkeit, die die Wangen erhitzt. Die Hähnchenbrust wird paarweise kommen, gewiss nicht einzeln. Das Fleisch bräunt am Grill. In den Balkanländern ist ein Abendessen ohne Fleisch kein Abendessen.

Ich beobachte sie verstohlen. Ich kenne sie so gut. Wir sind uns ähnlich. Ich weiß, was ihr Schweigen zu bedeuten hat. Diese Stirnen mit den vorzeitigen Falten, die fleischigen Lippen, die Zigaretten eine nach der anderen. Ich weiß, dass ihre Ruhe nur vorgetäuscht ist, dass sie mit gespitzten Ohren dasitzen, mit wachen Augen, auch wenn sich ihr Blick auf dem Tischtuch zu verlieren scheint. Er ist wie der Panther, der darauf wartet, dass das Kaninchen aus dem Bau kommt. Ihr Halbschlaf ist dem langen Warten geschuldet, doch er mindert ihre Fähigkeit nicht, im entscheidenden Moment die Beute zu packen. Im Bruchteil einer Sekunde. So erschlaffen sie am Tisch, stämmig und im Halbschlaf. Ich weiß, dass sie Krach machen werden, sobald sie etwas aus ihrer Schweigsamkeit rüttelt.

Sie wachen auf, Donnerwetter! Sie wachen auf, als sie hören, dass ich Albanerin bin. Sie haben mich auf Distanz gehalten, weil sie dachten, ich sei Italienerin, Französin oder so, doch jetzt! – jetzt bin ich *fast* von zu Hause! Sie können sich gehenlassen, so sein, wie sie wirklich sind. Also geht eine Serie von schelmischen Blicken los, Grinsen in verschiedensten Schattierungen. Worte zwischen den Zähnen, erstickt auf den vom Alkohol betäubten Zungen.

»Was, du bist gekommen, um Mirsad zu besuchen? Was für eine tolle Freundin! So eine Freundin möchten wir auch mal haben!«

»He Bruder, um so einen Besuch zu verdienen, muss es dir erst mal schlecht gehen, was glaubst du denn!«

»Damit treibt man keine Scherze. Der arme Mirsad, dem geht es wirklich nicht gut!«

Die Balkanblicke erreichen ihren Höhepunkt. Unterdessen zerreißen unter kräftigen Fingern die Hähnchenbrüste. Da ich die Männer aus Leibeskräften grinsen sehe, wage ich es nach einer Weile, sie zu bitten, damit aufzuhören, weil ich verstehe, was sie sich da zuflüstern, während sie mich wie Kinder ansehen, die ein Spielzeug verstecken.

»Was haben wir denn gerade gesagt?«

Ich weiß nicht, wie ich ihnen beibringen soll, dass sie über Sex reden, über vulgären Sex, denn bei Tisch sollte man die Form wahren. Ich weiß nicht, wie ich das, was ich ihrem hemmungslosen, hämischen Gelächter entnehme, übersetzen soll, und so schleudere ich ihnen ohne allzu großen Mut entgegen: »Pornografie.«

»Ah, du, du bist ja ein richtiger Teufel! Du verstehst also Bosnisch! Du hast uns angelogen! Und da kommst du uns erst mit Englisch! Dabei verstehst du jedes Wort, was?«

»Ich verstehe kein bisschen!«, sage ich hastig. »Aber mir reichen schon eure Blicke und euer Gelächter.«

Der englische Whisky steigt ihnen weiter zu Kopf.

»Aber ja doch«, lacht der schöne Ahmed genüsslich. »Du verstehst Balkanesperanto!«

»Ja, genau das habe ich verstanden, Balkanesperanto.«

Mich packt das kalte Grausen.

Dieses Essen ist wie eine Hochzeit auf dem Balkan. Sich vor Liebe und Herzlichkeit überschwänglich in den Armen liegend, fängt man irgendwann an, in die Luft zu ballern. Und einer stirbt, aus purem Versehen. Die Ereignisse überstürzen sich.

In diesen Breiten ist das Drama die Tochter der Großzügigkeit. Weil sie in einer Überdosis auftritt. Großzügigkeit wird, wenn das Maß voll ist, ein schwer annehmbares Monstrum.

Wie könnte man schließlich nein sagen? Alles wird doch im Namen der Liebe gegeben! Wehe, du lehnst das ab! Was im Namen der Liebe gegeben wird, abzulehnen, ist eine brenzlige Sache. Auf diese Weise ist schon so mancher Krieg ausgebrochen. Die Geschichte der Menschheit kann ein Lied davon singen.

Wenn du ein zweites Mal nein sagst, verfinstern sich die Blicke. Die Kugel des puren Versehens ist nah. Der Mörder-Bräutigam umarmt dich stürmisch, seinen Worten entströmt der Geruch nach Schnaps und Zigaretten: »Was?! Du wagst es, mein Hochzeitssteak zu verschmähen? Das tust du mir an? Du, mein Bruder?!«

Bang, bang! Dann wird geschossen. Eine Kugel zielt auf die Sterne, die nächste trifft in den Bauch, der das Steak nicht vertrug.

Mir fällt eine Geschichte ein, die mir meine Mutter erzählt hat: »Ich war noch klein, vielleicht elf Jahre alt. Wir Kinder und die Leute aus dem Viertel hatten uns alle versammelt, um zur Nachbarin zu gehen. Ihr

Klagen war schon von weitem zu hören, und wir liefen zusammen, um zu sehen, was los war. Unterwegs erfahren wir, dass der weinenden Frau die Kuh gestorben ist. Gott allein weiß, wo sie diese Kuh gehalten hatte. Vielleicht in einem der Täler rings um Tirana, vor den Toren der Stadt. Wir, ein lärmender Haufen, machten uns also auf den Weg zu ihrem Haus. Vor ihrer Tür standen schon Leute. Etwa vierzig Personen drängelten, um besser sehen zu können. Die Frau lamentierte wie ein Klageweib. Das ganze Viertel blieb auf der Schwelle stehen und machte *sehir*.«

Sehir bedeutet so viel wie gaffen, oder besser noch: andere angaffen, es genießen, andere anzugaffen, ganz darin aufgehen, andere anzugaffen. Die Wollust des Gaffens. *Big brother*. *Sehir* kommt aus dem Türkischen.

Die Haustür steht offen. In dem einzigen Zimmer, das die Frau hat, liegt eine Kuh und nimmt fast den ganzen Raum ein. Die Frau umkreist sie und hört nicht auf, wortreich zu klagen. Sie zerkratzt sich das Gesicht, verstummt hin und wieder und streichelt den Kopf des Tieres, der nun wie versteinert aussieht. Meine Mutter, das kleine Mädchen, stand zusammen mit den anderen auf der Schwelle und machte *sehir*. Die Frau ließ sich vom *sehir* der Nachbarn und der Fremden nicht stören. Sie ging ganz in ihrem Schmerz auf, die anderen gingen ganz in ihrem *sehir* auf. Jeder in seinem Leben.

Die Frau ist auch dann allein, wenn die Tür offen steht und Leute davor stehen. Für sie gibt es nur die tote Kuh. Die Kuh, die, nach dem, was man sich erzählt, ihre Tochter war, ihr ein und alles.

Meine Mutter hatte schwarze Locken und grüne Augen, sie war dünn, fröhlich und sehr tierlieb, und sie liebte es, mit der ganzen Schar zum *sehir* zu gehen.

Gern hätte ich dieses kleine, so schelmische Mädchen mit den grünen Augen und den dreckigen Händen in die Arme geschlossen. Dieses kleine Mädchen, das, als seine Mutter einem Huhn den Kopf abschlug, um es zu kochen, angerannt kam und sie anschrie: »Grausam! Du – grausamer Mensch!«

Dann hob sie den Kopf des Tieres vorsichtig auf und versuchte, ihn wieder auf den Körper zu setzen. Als die kleine Lili sah, dass der Kopf nicht mehr hielt, versank sie in tiefe Trauer.

Spät am Abend fand meine Großmutter sie hinten im Garten, doch sie wollte nicht zurück ins Haus und schon gar nicht die Suppe essen, die aus der Brühe des armen Huhns gekocht worden war! Lieber wollte sie Hungers sterben! Meine Großmutter kam dazu, als sie niedergekauert ein Loch in den vom Dämmerlicht überfluteten Boden grub: »Was machst du denn da, Lili?«, fragte sie.

»Ich grabe dir ein Grab! Dein Grab, du böse Frau!«, antwortete meine unerschrockene Mutter, während sie mit ihren kleinen Händen weiter die schwarze Erde aushob.

Die Nachbarin in Tirana öffnet stolz die Tür zu ihrem neuen Badezimmer. Sie zeigt es allen, die sie besuchen kommen, und gabelt Bekannte auf der Straße auf, um ihnen vorzuführen, was ihre Söhne da Feines gebaut haben.

Das Bad ist mit grauem Marmor verkleidet. Unregelmäßige geometrische Unterbrechungen springen ins Auge, diesmal in rotem Marmor. Da haben wir also das neue Albanien auf dem Weg zum Wohlstand! Die Reichen wollen Marmorbäder! Nicht mehr die durchweg schiefen, zerbrochenen Fliesen von früher. Jetzt lebt man wie im pompösen Westen. Ich erfahre, dass man in Albanien nachts die Friedhöfe plündert.

Die unverfrorensten Söhne aus den verschiedensten Familien hacken Marmor von den Gräbern und tragen ihn nach Hause. Fußtritte, Stemmeisen, Muskeln, Schweiß bei der Arbeit tief in der Nacht. Was sollen schließlich die Toten mit dem Marmor? Die Lebenden wissen ihn viel besser zu schätzen. Die jungen Männer, die hier am Werk sind, tragen die heißersehnten Jeans und riechen nach ausländischem Parfüm, ihr Bad muss auf der Höhe der Zeit sein.

Die Mobiltelefone klingeln unentwegt, der Blick verliert sich am Horizont, während sie stolz und gelangweilt antworten, dass es heute zu heiß ist, wirklich zu heiß, und sobald sie das Gespräch beendet haben, nehmen sie eine Dusche in dem neuen Marmorbad.

Der schöne Ahmed ist erst neunundzwanzig. Ich hätte ihn auf einhundertneunundzwanzig geschätzt. Die ganze Fleischeslust, die ihn lau umgibt, hat ihm auch nicht die Spur von Jugend gelassen. Er scheint schon immer erwachsen gewesen zu sein. Er wurde wahrscheinlich bereits so geboren: groß, muskulös und dicht behaart, schon ein Mann. In dieser Gegend ist das nichts Ungewöhnliches. Hier gehören Legenden zum Leben.

Meine Mutter, zum Beispiel, hat mich aus einer Achselhöhle geboren. Als ich klein war, erkundigte ich mich: »Mama, wie hast du mich denn gefunden?«

»Ich hatte dich in meinem Bauch«, lautete die Antwort.

»Aber wie denn?«, fragte ich hitzig. »Wie? Wie bin ich in deinen Bauch gekommen, und wie bin ich wieder herausgekommen?«

»Durch meine Achselhöhle.«

Es war unvorstellbar, aus einer Achselhöhle geboren worden zu sein. Ich fragte, ob ich mir das mal genauer ansehen könnte, also hob sie den Arm, und ich sah die Achselhöhle, eine Höhlung aus nicht besonders schöner Haut, doch sorgfältig rasiert und parfümiert, während meine Mutter gleichmütig mit ihrer Freundin weiterplauderte. Ich suchte nach Spuren. Nach einer Narbe, nach irgendetwas. Ich stieß auf nichts, auf ein geheimnisloses Nichts.

Ich gab nicht auf und fragte sie ein andermal: »Bitte, Mama, du musst mir sagen, wo du mich gefunden hast! Bitte, bitte, sag es mir! Ich will es wissen, ich muss es wissen! Wo war ich? Ich meine, wo war ich, bevor ich auf die Welt kam?«

»Ich habe dich im MA-PO gekauft«, eröffnete sie mir. Da hatte ich nun also eine zweite Version.

Das MA-PO war das *magazine popullor*, ein staatliches Kaufhaus, in dem es alle Arten von Kleidung gab. Nach dieser Antwort glaubte ich keine der beiden Versionen mehr. Meine Mutter verheimlichte mir, wo sie mich gefunden hatte. Damals hörte ich auf, sie um Erklärungen zu bitten. Soviel nur, um zu erläutern, dass man in dieser Gegend auf jede nur mögliche Weise geboren wird, auch auf die extravaganteste.

Wahrscheinlich hatte man auch den schönen Ahmed schon fertig geboren gekauft. Er stand schon groß und kräftig in einem MA-PO zum Verkauf.

Ein alter Freund ist zu Besuch gekommen. Er war auf der Durchreise in Italien, eingeladen von der »Giuseppe Verdi«-Stiftung für bedürftige Musiker in Mailand. Er rief mich an, um sich auf einen Kaffee mit mir zu treffen, in Erinnerung an die alten Zeiten, in Erinnerung an die Nachmittage mit Süßigkeiten und Tee im Überfluss, die endlosen Gespräche über Musik, Malerei und Literatur in den dunklen Straßen eines nächtlich versunkenen Tiranas.

Nach dem Untergang des kommunistischen Regimes war mein Freund heftig vom Glauben gepackt worden.

Nach unserem Treffen in den Straßen von Mailand nahm ich ihn mit nach Hause. Er hatte einen beigefarbenen Kunstlederkoffer bei sich, den er gleich nach unserer Ankunft öffnete. Der Koffer enthielt nur einen einzigen Gegenstand: einen kleinen Teppich.

Er hat den Teppich sorgfältig auf dem Boden ausgebreitet und einen Kompass aus seiner Jackentasche gezogen. Nachdem er die gesuchte Richtung gefunden hat, ändert er die Lage des Teppichs und kommt strahlend auf mich zu: »Geschafft! Ich habe in deiner Wohnung die Richtung gefunden, in der Mekka liegt. Jetzt binde dir ein Kopftuch um, es wird dein Gesicht schön zur Geltung bringen, und setz dich zum Beten zu mir.«

Mir fehlte die rechte Energie, um mich seiner Begeisterung und seinen Worten zu widersetzen, die mich wie ein Fluss bei Hochwasser überfluteten, weshalb ich mich mit verhüllten Haaren wiederfand und das Ganze so schnell wie möglich hinter mich bringen wollte.

»Wie schön du mit diesem Tuch bist«, flüsterte mein Freund ergriffen. Gespannt kniete ich mit ihm nieder, konnte jedoch ein hemmungsloses Lachen nicht unterdrücken, als ich seinen arabischen Singsang hörte. Ernst sang er sein Lied weiter.

Vor dem Einschlafen bat ich ihn, mich morgens um fünf nicht zum Gebet zu wecken.

Am nächsten Tag erwartet er mich schon eine ganze Weile frischgeduscht, froh und munter.

Ich passe einen Moment ab, in dem ich ihm meine Katze zeigen kann, die sich bei der Ankunft des Gastes in der letzten Nacht verkrochen hatte.

»Hier, darf ich dir Polpi vorstellen? Ist sie nicht wunderschön!« Während ich sie vorführe, plappere ich weiter: »Sieh dir nur ihre grünen Augen an … die Kleine hat zwanzig spitze Krallen, und ihre Klugheit ist erschreckend! Wie findest du sie?«, dränge ich stolz auf eine Antwort.

»Na ja!«, entgegnet er. »Hätte Gott sie geliebt, hätte er sie nicht als Katze zur Welt kommen lassen.«

»Wie hätte er sie denn sonst zur Welt kommen lassen? Vielleicht als Mensch oder als Prophet? Bäume, Tassen, Straßen und so weiter, liebt Gott die etwa nicht? Hat er sie deshalb als Bäume, Tassen und Straßen erschaffen? Hätte er sie mehr geliebt, hätte er sie also allesamt als Menschen erschaffen, und wir wären dann nur von Menschen und sonst gar nichts umgeben!«

Schweigend machen wir uns auf den Weg zur Accademia di Brera. Ich will ihm meine Schule zeigen, ihre düsteren Flure eines ehemaligen Klosters, bevölkert mit den Kopien von Renaissance-Skulpturen, die verstaubt sind und vor allem keine Geschlechtsteile haben.

Nach diesem Besuch setzen wir uns in eine Kaffeebar in der Nähe der Akademie und trinken heiße Milch. Er entdeckt einen Flügel, der mit geschlossenem Deckel dasteht, erhebt sich wortlos, klappt den

Deckel aus dunklem Holz auf und beginnt, die Goldberg-Variationen zu spielen. In diesem Augenblick ist er glücklich, man sieht es, das Musizieren tut ihm gut, ein Lächeln umspielt seine Wangen, seine Stirn, seine Mundwinkel.

Plötzlich dreht er sich zu mir um und fragt: »Weißt du, welches die unglücklichsten Völker in der gesamten Geschichte der Menschheit sind?«

»Nein«, sage ich neugierig und amüsiert. »Welche denn?«

»Israel und Albanien. Gott hat sie bis in alle Ewigkeit verflucht. Und habe ich dir übrigens erzählt, dass Goethe in seinen letzten Lebensjahren zum Islam konvertierte?«

Eine Figur aus dem tiefsten Tirana: Man nannte ihn den Mann mit dem weißen Gürtel, und er war ein richtiger Streithammel. Er stritt sich bis aufs Blut. Wenn ein Tag ohne Streiterei verging, magerte er vor Verzweiflung ab. Da kam ihm eine Idee, DIE Idee.

Er beschloss, einen schneeweißen Stoffgürtel um seinen dicken Bauch zu binden. Das fiel schon von weitem auf, denn für gewöhnlich trug er dunkle Farben, so dass das weiße Band durch den Kontrast ins Auge stach. Fast niemand kann sich genau an das Gesicht des Mannes erinnern. Alle rätseln herum:

»War er in der Zeit, als er den Gürtel trug, eigentlich alt?«

»Nein, ich glaube nicht.«

»Ich glaube, er hatte eine Knollennase!«

»Tja also ...«

»Und er hinkte ein bisschen ...«

»...«

Man erinnerte sich nicht einmal, ob er eine Familie hatte und Kinder. Ob er je gearbeitet hatte. So sehr ersetzte der weiße Gürtel alles, was die Geschichte eines Menschen ausmacht.

Er war einfach nur der Mann mit dem breiten, weißen Gürtel. Er gab sich viel Mühe mit diesem Gürtel. Es hieß sogar, er wasche ihn jeden Tag. Ja, es stand fest, dass er ihn jeden Tag wusch, vielleicht auch mehrmals am Tag. Wenn sein harter Bauch, der voller Wut war, den Gürtel trug, stürzte der Mann hinaus auf die überfüllten Straßen oder Märkte. Er hatte eine Schwäche für Märkte. Dort, mitten im Gedränge, lockerte er den Gürtel ein wenig, damit er beim Gehen herunterfiel. Irgendein Unschuldiger trat darauf, und schon begann die große Schlacht:

»Oh, was für ein Idiot! Was für ein Esel! Siehst du denn nicht, wo du hintrittst?«, schrie er aus Leibeskräften. »Nun sieh dir an, was du mit meinem sauberen Gürtel gemacht hast! Behandelt man so einen alten Mann wie mich?!«

Nicht selten teilte der Mann Faustschläge aus, verlor und riss ganze Haarbüschel aus und verabreichte in seinem heiligen Zorn auch Fußtritte im Namen des unbefleckten Gürtels. In seinem Körper wurde Adrenalin ausgeschüttet, und auf seinen Wangen platzten kleine Äderchen, die sein Gesicht feuerrot färbten. Nach dem Ende seiner Schlacht fühlte er jenen Stolz in sich aufsteigen, den man empfindet, wenn man für Gerechtigkeit gesorgt hat. Dann ging er gestärkt und zufrieden nach Hause.

Liebevoll wusch er den Gürtel und sprach vor sich hin: »Das kann man doch mit mir nicht machen, ich lasse mir nicht gefallen, dass man mich so behandelt. Ausgerechnet mich! Einen Mann wie mich! Einen rechtschaffenen, alten Mann ...«

An heißen Tagen breitete er den Gürtel auf dem Dach seines Hauses aus und saß dann, den Blick auf die Ziegel geheftet, im Schatten eines Olivenbaums, wo er ungeduldig darauf wartete, dass er trocknete. Wenn der treue Gürtel dann trocken war, brach er zu einer zweiten Runde auf. Er trällerte vor sich hin: Oh, ich werde den Gürtel zu Boden fallen lassen, oh, ich werde ihn f-a-l-l-e-n-l-a-s-s-e-n! Oh, wie viele Trottel werden darauf treten! Oh, oh, oh! Oh, was für eine Freude! Oh.

Ein Nachmittag in Tirana. Ich gehe zu den Nachbarn, um Aurel zu besuchen. Aurel ist elf Jahre alt, und wir haben viel zu besprechen, vor allem, was das Universum angeht. Wir zermartern uns gern das Gehirn bis zur Schmerzgrenze, um darüber zu spekulieren, was es wohl außerhalb unserer Erde noch so gibt. Das begeistert uns, das macht uns sprachlos. Der größte Teil unserer Unterhaltung besteht im Grunde darin, dass wir atemlos dasitzen, überwältigt vom Unendlichen. Wir sind so ernst wie verspielt. Immer in Extremen.

Ich stoße die Haustür auf. Hier bei uns kündigt man sich nicht telefonisch an. Es gibt nicht mal ein Telefon. Man kommt vorbei. Wenn der Besuchte schläft, weckt man ihn eben, wenn er krank ist, geht man zu ihm, um ihn mit ein paar netten Worten zu trösten, und wenn er gerade beim Essen ist, fragt er dich: »Möchtest du ein paar Bohnen? Ein Stück Brot mit Öl?«

Aurelios Vater hat sich über seine Frau geärgert. Blöderweise ist Sonntag, und die Langeweile greift um sich. Er ist richtig wütend. Aurel versucht grimmig, seine Mutter vor den brutalen Ohrfeigen seines Vaters zu schützen. Der Mann hält eine geöffnete Schere in der Hand und zielt damit auf die Kehle der Frau. Eine angehaltene Szene: ein perfekt komponiertes Gemälde. Wenn eine der Figuren sich bewegt, erwacht das Bild wieder zum Leben, und die Schere schneidet die Kehle durch.

Ich bin nur Zuschauerin, doch auch ich darf mich nicht bewegen. Der Mann kommt wieder zu sich, er verleiht dem Bild neues Leben, ich bin immer noch bei den Nachbarn. Der Vater wirft die Schere weg, er hat sich besonnen. Die Frau steht auf, ihr Gesicht ist verquollen und erloschen, sie sagt leise: »Ich weiß nicht, wo ich hin soll, ich will weg, aber ich weiß nicht, wohin.«

Aurel beruhigt sie: »Keine Sorge, Mama, wenn ich groß bin, heirate ich dich. Sei nicht traurig.«

»Komm!« Er winkt mich heran, denn ich stehe immer noch reglos da. »Das geht vorbei. Ich werde Mama heiraten.«

Ich folge ihm. Und dann sitzen wir alle drei in der Küche und trinken heißen Pflaumensaft. Der Saft ist sehr, sehr süß.

Beni ist unterwegs. Mit dem Fahrrad, wie immer. Um ein bisschen herumzufahren. Zumal heute schönes Wetter ist, die Luft ist warm. Sagen wir es frei heraus: Es ist nicht gerade sein bester Tag. Aber auch nicht sein schlechtester.

Der Ärger treibt ihn um. Er hat nichts, was auf ihn wartet, weder Pläne, noch Frauen, noch Leben. Er macht träge weiter, weil sein Körper – die Biologie – ihn zwingt, unter der Sonne zu bleiben.

Gestern Abend hatte er einen Augenblick des Glücks. Manchmal lohnt es sich schon, für solche Momente zu leben. Er aß so viel gutes Brot, wie er wollte. Er füllte seine Lungen mit dem Duft des Brotes, indem er das Weiche dicht an seine Nase hielt. Dann schlüpfte er mit vollem Bauch unter die Bettdecke, denn es herrschte eine feuchte Kälte, von der Art, die einem in die Knochen fährt. Da war nur der Ruf des Bettes. Auch das Brot an seinen Magenwänden verlangte nach einer Decke. Dieser lakonischen Komposition schloss sich die schnurrende Katze an.

Glück. Fünf oder sieben Minuten reines Glück für Beni, bis der Schlaf es ihm stahl. Wenn er in so einem

Augenblick, in dem der Schlaf in seinen Kopf einbrach und er keinem Gedanken mehr folgen konnte, ja, er eines Gedankens nicht einmal mehr fähig war, hätte sterben können, hätte er nichts dagegen gehabt. Er hatte stets so sterben wollen, denn er konnte der Kraft, die ihn zum Nichtdenken zog, zur Freiheit, wo nichts mehr weh tat, nichts entgegensetzen. Das Problem war immer das Aufwachen. Nicht, dass er das Leben nicht liebte. Er lebte ausgesprochen gern, er war bloß ein bisschen müde, das war alles.

Er ist dreiunddreißig Jahre alt und hat seinem Leben immer noch keine Form gegeben. Manchmal ist es das Leben selbst, das einfach aus Sturheit keine Form annehmen will. Das Leben will eigentlich Vielfalt herausbilden, Vielfalt über alles, doch was Beni betrifft, beschloss es, gar nichts zu tun. Es lässt ihn einfach im Leerlauf. Aber er hat nicht die Überzeugung eines Don Quijote, er weiß, dass seine Windmühlen nichts als Mühlen sind, und das hilft ihm nicht weiter. Wenn er sie doch wenigstens als Feinde betrachten könnte.

Daher ist er also voller Ärger. Beni hat gegen die Entscheidung angekämpft, die das Leben für ihn getroffen hatte, doch vorläufig ist er besiegt. Er nimmt sein Rad, um ziellos herumzufahren, es tut immer gut, die Gedanken nach der Nacht durchzulüften, vor allem dann, wenn die Luft so mild ist. In milder Luft vermodern Tatsachen schnell.

Es ist Morgen, und morgens zu lächeln fällt schwer, das Blut hat noch nicht die nötige Temperatur, um die

Gesichtsmuskeln zu lockern. Beni kann morgens nicht lächeln. Manchmal gelingt es ihm zwar, aber selten genug.

Es gibt Leute, die schon am frühen Morgen lächeln und sogar lachen. Das hat ihm nie gefallen. Lachende Leute.

Er denkt an seine Kindheit zurück. Jeden Morgen nahm er den Bus, um zur Schule zu fahren, und fand sich bisweilen eingeklemmt zwischen den Hintern und den Busen stämmiger, von Fett umwaberter Weiber wieder, die derb und schallend lachten. Damals beschränkte er sich darauf, strenge Blicke zu werfen, doch dieses Gelächter hörte nie auf, die empfindlichen Ohren des früh aufgestandenen Beni zu beleidigen. Jahrelang hatte er damit leben müssen.

Erst mittags, nach halb eins kann er so etwas wie ein Lächeln produzieren.

In der Konditorei an der Ecke sieht er beim Vorbeiradeln zwei Mädchen, die sich Kuchen kaufen und aus vollem Hals lachen. Die eine sagt etwas, was für den weit entfernten Beni nicht zu hören ist, und die andere prustet los. Dann bewegt die andere die Lippen, und die Brünette mit dem rosa Rock krümmt sich vor Lachen. Dabei fällt ihr ein Stück Kuchen aus dem Mund, und in ihrer Not spuckt sie es in die Hand. Vom Lachen erschöpft, hält sie den Teig zwischen den Fingern, einen braunen Brei.

Beni tritt schon eine Weile nicht mehr in die Pedale und gafft. Dann geht er hinein, um besser zu sehen. Er hat Lachanfälle schon immer gern aus der Nähe betrachtet, denn er findet sie befremdlich. Eigentlich hat er nie verstanden, was es so Lustiges oder Albernes geben könnte, dass man sich deshalb vor Lachen ausschütten müsste.

Ohne nachzudenken geht er auf die beiden zu, packt sie bei den Haaren und schlägt ihre Köpfe aneinander. Ihre Schädel machen überhaupt kein Geräusch, sie sind leer. Darum lachen sie auch so. Noch einmal und noch einmal. Ihre Gesichter sind nun mit lauwarmem Blut und Kuchenstückchen garniert. Beni hat ihnen die Lust zu lachen ausgetrieben. Das wird ihnen eine Lehre sein.

Als meine Mutter klein war, schenkte ihre Schwester ihr eine Anstecknadel aus Messing, die die Form einer Biene hatte. Meine Mutter war entzückt. Für (fast) alle kleinen Mädchen sind Gegenstände aus gelbglänzendem Metall grundsätzlich aus Gold. Gold verheißt Prinzessinnen, Königsschlösser, Zauberei.

Mit dieser Anstecknadel fühlte sich meine Mutter wie ein Schoßkind des Glücks. Wenn jemand sie gefragt hätte: »Was ist Glück, Lili?«, hätte sie zur Antwort schweigend ihre Hand geöffnet und die Biene vorgezeigt. Sie tanzte im Kreis, aß, schlief, ging zur Schule und war bei alldem stets von einer Freude erfüllt, die sie ergründen wollte.

»Warum bin ich bloß so fröhlich?«, wunderte sie sich. »Was ist los mit mir?«

»Ah, ja, ja, es ist die Anstecknadel. Es ist die Biene aus purem Gold.«

Nachdem sie die Biene drei Tage und drei Nächte in der Hand gehalten hatte, überzeugten ihre Schwester, ihre Mutter und alle miteinander sie davon, dass dieses Schmuckstück dazu da war, an eine Jacke oder einen Mantel geheftet zu werden. So steckte Lili die Nadel an ihre Jacke, in die Nähe des Herzens, genau dorthin, wo ein schönes Wappen hingehörte. Sie betrachtete sich im Spiegel und erinnert sich noch immer, dass sie sich schöner, ja viel schöner fand, als sie eigentlich war.

(Wie gern hätte ich meine Mutter gekannt, als sie noch ein kleines Mädchen war! Ich hätte sie gelehrt, weniger streng zu sein! Mit dem Leben, mit sich selbst! Mit mir! Was hätten wir nicht alles zusammen spielen können! Ich hätte ihr beigebracht, wie man lügt! Wie man die Männer an der Nase herumführt! Wie man sie vernascht!)

Lili ging mit ihrem schönen Wappen auf der alten Winterjacke zur Schule. Sie lernte damals bei den Arbeitern. Das war kein richtiger Unterricht, also nicht so einer, bei dem man in der Bank sitzen und sich die langweiligen Sachen anhören muss, die die Lehrerin erzählte.

Der hier war das reinste Vergnügen! Vor allem deshalb, weil man um den Russischunterricht herumkam, um diese hässliche, schwere Sprache! Man musste nicht stillsitzen, und Lili konnte allen Mädchen die

Anstecknadel zeigen. Sie konnte erzählen, dass sie aus Gold war, obwohl ihre Mutter ihr gesagt hatte, dass sie aus Blech sei. Kaum hatte sie die Anstecknadel in die Hand bekommen, hatte sie gefragt:

»Ist sie aus Gold? Sind die Augen der Biene Smaragde?« Sie weiß noch heute, dass ihre Mutter, die ganz sicher darauf aus war, ihr Glück zu zerstören, lachte. Mütter sind Expertinnen der Entzauberung. Für Lili genügte es, zu glauben, dass die Biene aus Gold sei, damit sie es wirklich wurde. Wie schön das Leben doch ist! Warum beklagen sich die Erwachsenen nur so viel über das Leben?

Lili zog sich die Jacke aus und machte sich neben der Arbeiterin ans Werk. Sie lernte, wie man Schachfiguren herstellt. Sie musste ein formloses Stück Holz in eine Maschine einspannen, die man Drehbank nannte. Ein kleines, hässliches Stück Holz, wie es jederzeit auch auf der Straße zu finden ist. Wenn die Maschine mit ihren Umdrehungen an dem Holz begann, entstanden Einbuchtungen und Ausbuchtungen. War die Form fertig, musste Lili den glühend heißen Bauern oder Läufer mit Sandpapier abschleifen.

Die Arbeiterin, eine freundliche Genossin, fragte sie jeden Morgen, was sie am Vortag zum Abendbrot gegessen habe. Endlose Plaudereien den ganzen Tag lang, dann wollte Lili, nachdem sie alle Türme, Könige und Damen fertiggeschliffen hatte, schnell zu ihrer Jacke zurück, sie anziehen und damit brillieren.

Doch die kleine Biene mit den grünen Augen war

nicht mehr da. Jemand hatte sie sich unter den Nagel gerissen.

Hätte ich meine Mutter schon gekannt, als sie ein kleines Mädchen war, hätte ich sie getröstet, hätte ihr gesagt, dass sie auch stehlen lernen müsse, und vor allem hätte ich ihr geraten, nicht länger brav zu sein. Ich hätte ihr eine saftige Ohrfeige gegeben, damit sie aufhört, brav zu sein.

Ich stürze los, um ein Taxi zu bekommen, denn ich bin spät dran. Heute besuche ich Mirsad. Wir werden offen miteinander reden. Er wird mir von seinem Kummer erzählen. Alles, was er mir am Telefon so gar nicht sagen konnte.

Ich gehe durch die Gassen des alten Sarajevos zum Taxistand. Die Kunstgewerbeläden bieten perlenbestickte Samtpantoffeln an. Die gibt es in allen Farben. Gegenüber waschen sich Jugendliche in einem kleinen Brunnen mitten auf dem Hof der Moschee die Füße. Dann gehen sie in die Moschee. Die Stimme des Muezzins erhebt sich laut über die Stadt.

Die Mädchen sind auffällig geschminkt. Die Jeans sitzen eng. Die Cafés sind voll. Einige Geschäfte quellen über von filigran gearbeiteten Schmuckstücken. Der Duft von Börek liegt über der Straße.

Ich habe mein Joghurt dabei (mein kapitalistisches, westliches Joghurt, auch wenn es mit Soja ist) und überlege mit einer immer noch balkanischen Zärtlichkeit, ob es bei Mirsad in der Nähe wohl einen Markt gibt, denn ich möchte ihm eine Suppe aus frischem Gemüse kochen. Eine Suppe nach Großmutterart, von der Sorte, die dir versichert, dass es den Tod nicht gibt, dass wir für immer zehn Jahre alt sind und lauter Wunder vor uns liegen, die nur auf uns warten.

Ich laufe einem Taxi nach. Beim Einsteigen gebe ich dem Fahrer den Zettel mit Mirsads Adresse.

Der Geruch des Balkans weckt die Vergangenheit, und die tut weh. Denn da sind Sehnsucht, Liebe, Groll, Trostlosigkeit, Ohnmacht, Ferne und Nähe.

Ich habe Glück, der junge Mann, der mich in sein Taxi einsteigen lässt, spricht ein perfektes Englisch. Wir unterhalten uns ein bisschen. Er macht eine Rundfahrt durch Sarajevo mit mir und zeigt mir geflissentlich die Einschusslöcher serbischer Kugeln an den Hauswänden. Dann sagt er: »Siehst du die kleine Straße da vorn? Dort wurden Erzherzog Franz Ferdinand und seine Frau Sofia ermordet. Das Attentat, das der Auslöser für den Ersten Weltkrieg war.« – »Sie wurden von einem Serben erschossen«, fährt er fort, »von einem Nationalisten, Gavrilo Princip. So hieß er, verstehst du?«

»Ja, ich verstehe.«

Der junge Mann erzählt weiter, dass er hart in Deutschland gearbeitet habe, er spreche auch deutsch. Dann sei er lieber wieder nach Hause zurück und habe mit dem ersparten Geld ein Taxiunternehmen gegründet. Es gefalle ihm. Es gehe ihm gut. Er habe irgendwie seinen Frieden gefunden. Zu Albanien sagt er kein

Wort. Die Zeit vergeht, wir finden die Straße nicht, wir irren noch immer durch Sarajevo. Wie ich Mirsad kenne, wird er mir meine Verspätung übelnehmen. Er möchte Zeit für uns zwei haben, nur für uns zwei. Ich bin Aleksandar keine große Hilfe bei der Suche nach dem Haus meines kranken Freundes, alles hier ist fremd, nur die Gerüche und die Bilder sind wie bei mir zu Hause. Ich bin regelrecht überrascht, dass sie hier eine andere Sprache sprechen. Es ist, als führten sie eine Farce auf: Nicht mehr lange, und einer dieser staubigen Alten aus den Gemälden von Bruegel wird ein verschmitztes Lächeln aufsetzen und mich im Dialekt von Tirana ansprechen, in einem schönen, schweren *Tironce*. Das Taxi fährt kreuz und quer durch Sarajevo.

»Keine Sorge«, beruhigt er mich. »Wir sind ganz in der Nähe vom Haus deines Freundes.«

»Wir werden erst ankommen, wenn das Treffen beginnt«, stammle ich. »Mir wird keine Zeit mehr bleiben, um mit ihm allein zu sein.«

»Da! Da ist es schon. Keine Panik! Alles kein Problem! Die braune Tür da müsste es sein.« Er zeigt lächelnd auf einen Hauseingang am Anfang der Straße.

Ich bezahle erleichtert, gebe ein Trinkgeld, hier muss ich mehr Trinkgeld geben als sonst. Ein merkwürdiger Mechanismus hat sich in mir in Gang gesetzt, etwas, was mit Schuld zu tun hat, mit Vergangenheit, mit Verbundenheit mit den Menschen hier, etwas, was mich dazu bringt, meine Trinkgelder hier in Sarajevo zu verzehnfachen. Es ist nicht gerade leicht: Ich bin die aus dem Westen, die auf den Balkan kommt! Die aus dem Westen, die sie versteht!

In meiner Erinnerung habe ich mir die Bilder bewahrt, die ich von den Leuten aus dem Westen hatte, als ich noch am Balkan lebte. Von diesen Herrschaften, die recht gut im Futter standen und die, obwohl es in Tirana noch kalt war, nur leicht bekleidet waren, während wir »Söhne der Adler« im Mantel herumliefen. Dass sie weniger froren als wir, überraschte mich. Schon das unterschied sie von uns.

Ihre Hosen reichten nur bis zum Knie, was ich schamlos fand. Normalerweise kamen sie in Gruppen und bewegten sich in Gruppen, ständig begleitet von einem Albaner, der als Reiseführer diente und sie nicht aus den Augen ließ.

Die Kinder hatten meistens einen Blondschopf und waren ziemlich schmächtig. Sie kamen mir geradezu hauchdünn vor, sie hätten vor meinen Augen leicht in tausend Stücke zerspringen können.

Bei uns zu Hause setzt man alles daran, die Kinder ordentlich mit Fett zu polstern. Je fetter, desto gesünder. Der Anblick eines Dickwanstes ist das reinste Vergnügen. Er ist ein Ausbund an Gesundheit. Gefährtinnen und Mütter flattern auf und hüpfen um das in seiner Fleischmasse versackte Geschöpf herum: »Ach, wie gut genährt ist doch dieses Pummelchen!«

Im Namen der Liebe kneifen sie es in die Wangen,

bis das Pummelchen vor lauter Zuneigung nicht mehr kann und laut losschreit.

Die ausländischen Kinder interessierten mich immer sehr, diese Blondschöpfe mit den kränklichen Gesichtern, diese zerbrechlichen Geschöpfe.

Es schien also wirklich zu stimmen, dass man jenseits der albanischen Mauern nicht so gut lebte. Trotzdem bestand der Traum von drei Millionen Söhnen der Adler darin, einen Blick über die Mauern Albaniens zu werfen. Der Mensch trachtet immer nach dem Verbotenen.

Mein Vater, zum Beispiel, träumte sehnsüchtig davon, einmal Kalifornien zu sehen. Dort ist immer Sommer, erzählte er. In Kalifornien, in Kalifornien gibt es keinen Kummer. »Wir sind bloß durch ein Versehen in Albanien«, sagte er lächelnd. »Wir bringen das bald wieder in Ordnung, keine Sorge. Das Leben ist dumm, es macht immer was falsch.«

Als wir ihn im politischen Gefängnis von Spaç besuchten und von bewaffneten Polizisten und Stacheldraht umgeben waren, flüsterte er meiner Mutter strahlend zu: »Mach dir keine Gedanken, irgendwann wandern wir nach Kalifornien aus! Ich bringe euch nach Kalifornien! Keine Frage, dort werden wir leben! Nur noch ein bisschen Geduld!«

Er war sich seiner Sache sicher, das hörte man am Klang seiner Worte. Weiß der Himmel, warum es ausgerechnet Kalifornien sein sollte! Diese Sicherheit half ihm, die langwierige Haft abzusitzen. Als er seine

Strafe verbüßt hatte, sprach er nie wieder von Kalifornien oder anderen Paradiesen. Albanien reichte ihm, und wie. Er unternahm nie etwas, um es zu verlassen.

»Er hat weniger gelitten als wir«, war alles, was meiner Mutter dazu einfiel. »Wir waren härter verurteilt und mehr im Gefängnis als er! Er war da drinnen unter seinesgleichen, wir hier draußen aber nicht!«

Doch zurück zu den seltenen, höchst sorgfältig ausgesiebten Ausländern (das müssen alles Kommunisten gewesen sein), die Albanien in seiner Retorte der hohen Ideale einen Besuch abstatteten: Wir betrachteten, ja beäugten sie ausgiebig, diese Andersgearteten, denen wir uns nicht nähern durften. Das waren keine Menschen. Man durfte sie nicht einmal ansprechen! Sie waren eine Landschaft in Menschengestalt. Auch über sie zu reden, war gefährlich, man wurde sofort zum Spion. Wir versuchen, ruhig zu leben. Wir haben keine Träume, die über unser Leben hinausreichen.

Sarajevo ist nicht Albanien, doch ich merke, dass ich bezahle, damit sie mich nicht wie eine aus dem Westen ansehen. Wenn ich erzähle, dass ich in Paris wohne, wirft Paris alles über den Haufen, es entlockt ihnen einen Seufzer der Bewunderung, ein schmerzliches »Ach so!«, das mir sagt, es ist aus und vorbei, ich bin schuldig! Es geht mir zu gut.

Die zwölf Jahre, die ich zwischen Mailand und Paris pendelnd verbracht habe, verfälschen das Bild von mir. Unnütz zu erklären, wie Paris und Mailand sein können, unnütz zu beschreiben, dass sie dich verschlingen können. Wie stellt man es an, einen Traum zu bombardieren? Wie könnte man diese Träume ausrotten, die doch nur Schaden anrichten? Die den Körper mit den Metastasen falscher Hoffnungen befallen?

Wer weiß, in welchem menschlichen Organ die Träume versteckt sind.

Wir wünschen uns alles Gute, bevor die Tür des Taxis zuschlägt. Wir sind Freunde geworden, das ergibt sich zwangsläufig. Hier freundet man sich im Bruchteil einer Sekunde an. Das ist nicht übel. In Paris hatte ich so etwas schon ganz vergessen.

Ich, die ich in Paris wohne, bin ausgestiegen. Ich bin eine von ihnen und habe es geschafft, außerhalb des Balkans zu leben, während er, Aleksandar, wieder heimgekehrt ist, nachdem er in Deutschland gearbeitet hatte. Der Kapitalismus hatte ihn erdrückt, ihn ungesund grün gemacht, ihm die Luft zum Atmen genommen, das war nichts für ihn, vor Sodbrennen war er grün geworden.

»Mein Gesicht war vollkommen grün«, wiederholte er wütend.

»Meines auch«, verriet ich ihm, »ich bin grün, sieh nur! Ich habe ein bisschen Rouge aufgelegt, um es zu kaschieren, aber das ist alles unecht, ich schummle, schminke mich«, beteuere ich. »Sieh mal genau her.«

»Oh, nein, nein«, widerspricht er. »Du hast Glück gehabt! Das sieht man, spürt man. Du siehst sogar schon aus wie eine Ausländerin. Außerdem bist du dünn! Das hat nichts Albanisches, das hat nichts mehr mit uns zu tun!«

Ich sage kein Wort. Mir ist nicht mehr danach. Was könnte ich auch sagen? Eine Szene aus einem Film von Woody Allen fällt mir ein: Im Film spielt er einen Star, der reich und berühmt ist. Eines Abends trifft er in der Menge, die ihn umringt, um ein Autogramm zu ergattern, einen alten Schulkameraden wieder, der *nur* Taxifahrer geworden ist. Der Schulkamerad ist verzweifelt, das Leben hat ihm übel mitgespielt, es hat ihn bloß Taxifahrer werden lassen! Woody versucht ihm zu erklären, dass ja nicht alles Gold ist, was glänzt ... als Taxifahrer zu arbeiten könne schließlich auch schön sein, vielleicht viel schöner als ...

Doch Woody konnte seinen früheren Banknachbarn nicht über die Gemeinheiten des Lebens hinwegtrösten, und so nahm er, von heftigen Gewissensbissen geplagt, hastig Reißaus.

Verdammt! Die Straße, in der Aleksandar mich abgesetzt hat, ist nicht die richtige. Ich laufe los, um meinen Taxifahrer einzuholen und finde ihn an einer roten Ampel wieder. Es regnet, und es ist heute sehr kalt in Sarajevo. Ich klopfe kräftig gegen die Fensterscheibe und bedeute ihm gestikulierend, dass ich hier nicht richtig bin. Er freut sich, mich wieder chauffieren zu können. Trotz der Ungerechtigkeit, die das, was sich Glück nennt, so anrichtet, bin ich doch immer noch seine Freundin. Er hat ein großes Herz.

Er beschließt, das Taxameter abzuschalten. Wir fahren einfach so los. »Bitte, stell das Taxameter wieder an«, fordere ich ihn auf. »Nein«, erwidert er. »Ich habe einen Fehler gemacht, und den muss ich jetzt ausbügeln.« – »Aber das ist doch halb so wild«, beharre ich. »Schalte das Taxameter ein, das hier ist Arbeit.«

Wir setzen unsere Rundfahrt durch Sarajevo fort, jetzt erweist er sich durch und durch als Freund, es kommt gar nicht in Frage, dass er das Taxameter wieder anstellt! Unter Freunden gehört sich so etwas nicht!

Aleksandar gibt mir seine Visitenkarte und bittet mich, ihn anzurufen, wenn ich zum Flughafen muss, wenn ich mit dem Taxi herumfahren möchte, wenn mir danach ist, einen wahren Freund zu treffen, wenn mir in Sarajevo langweilig wird oder wenn ich mit jemandem Börek essen möchte. Ich nehme die Karte. Das stillstehende Taxameter stört mich. Eine Freundin hatte mal zu mir gesagt: »Dass du Probleme damit hast, dich zu verschulden, und auch dein Bedürfnis, in Geldangelegenheiten immer vollkommen korrekt zu sein, sind nur Zeichen dafür, dass du in einer armen Familie aufgewachsen bist!«

Ich läute an Mirsads Tür.

»Mirsad, was ist los mit dir, warum sagst du, dass es dir schlecht geht?«

Seine Rollläden waren, ganz so wie man es mir erzählt hatte, heruntergelassen. Er lag auf dem Bett, und auf dem Boden waren einige Bücher verstreut. In einer Ecke regte sich etwas.

»Erschrick nicht«, sagte er ruhig. »Das sind nur meine Hunde.«

In der Dunkelheit seines Zimmers konnte ich sein Gesicht nicht erkennen, und auch die Hunde nicht, wo und wie viele sie auch immer sein mochten.

»Soll ich vielleicht die Fenster öffnen?«, frage ich mit wenig Überzeugung, wie um meine Anwesenheit zu rechtfertigen, denn ich weiß nicht, wie ich das Gespräch mit ihm beginnen soll. »Heute ist es schön draußen.«

»Sprich nicht wie eine Fremde mit mir, in diesen oberflächlichen Sätzen, das ist doch zwecklos. Du weißt doch, dass ich die Fenster nicht öffnen will, also spar dir das. Es geht mir gut so. Sonne und Schatten stören mich. Sie regen mich auf, und ich habe nicht die Kraft, auf diese Aufregung zu reagieren.«

»Wie du willst. Also los, dann erzähl mal. Warum geht es dir so schlecht? Was ist los mit dir? Ich bin extra hergekommen, weil ich mir Sorgen um dich gemacht habe. Deinetwegen bin ich sogar in ein Flugzeug gestiegen! Ich habe gehört, du hast dein Zimmer seit fünf Monaten nicht verlassen, stimmt das?«

»Jaja, das stimmt. Seit diesem verfluchten Tag, als ich am Strand war, gehe ich nicht mehr raus. Es ist auf dem Rückweg vom Meer passiert. Auf der Heimfahrt im Zug war ich wunderbar ruhig. Ich las *Das Bildnis des Dorian Gray*, ich war vollkommen gefesselt von diesem Buch, das, wenn ich es jetzt recht bedenke, eine gewisse Unruhe in mir auslöste. Aber mehr auch nicht ... Ich habe schon Schlimmeres gesehen, Schlimmeres erlebt, das weißt du. Es lag garantiert nicht an dem Buch, obwohl ich es nicht schaffte, es zu Ende zu lesen, ich habe es aus dem Fenster geworfen. Ich weiß nicht, wie die Geschichte ausgeht, mir fehlen noch sechs Seiten.«

»Und dann?«

»Dann hatte ich plötzlich das Gefühl zu sterben. Ich hatte den Tag am Meer zusammen mit Mirko verbracht, er saß neben mir im Zug und döste vor sich hin. Auf einmal spürte ich meinen Körper nicht mehr. Wie soll ich das erklären, es war, als wäre ich zu Schaum geworden. Ich kniff mich, doch nichts. Nichts tat mir weh, wie es sonst weh tut. Die Leute und die Dinge um mich herum waren plötzlich weit weg, obwohl sie zugleich auch dort waren, wo sie vorher gewesen waren. Ich fühlte mich schwach und sagte Mirko, dass ich im Sterben liege. Ich war mir sicher, dass ich im Sterben lag, und sah mein nahes Ende vor mir. ›Mirko, ich sterbe, lass uns den Notarzt rufen. Lass uns sofort aus dem Zug aussteigen, sofort, ich bin am Ende, es ist aus.‹ – ›Was hast du? Was hast du denn?‹, fragte er nervös und begriff rein gar nichts, und ich wiederholte immer nur, dass ich sterbe und er mich ins Krankenhaus bringen soll. Ich hatte Angst. Solche Angst zu haben, gefiel mir nicht.« – »Du«, sagte Mirsad unvermittelt mit lauterer Stimme, wobei er sich um einen überzeugenderen Tonfall bemühte, »du bist grün geworden. Pass auf!«

»Wie – grün?«

»Auswanderungsgrün, meine arme Freundin. Grün vor Unterernährung, typisch für einen, dessen Wurzeln in der Luft hängen. Sei vorsichtig, denn die Krankheit, von der ich dir gerade erzähle, fängt genauso an.«

»Wie ging denn deine Geschichte im Zug aus? Hat Mirko dich ins Krankenhaus gebracht?«

»Du willst nicht hören, dass du grün bist, stimmt's?«

»Erst war ich rot, in Paris bin ich grün, es ist bloß eine Frage der Farben, also nichts Ernstes, ich bin jedenfalls noch kein Schaum, also reden wir lieber über dich.«

»Ach, das Leben ist mir zu sehr ins Bewusstsein gedrungen. Tief ins Bewusstsein, und so wurde ich krank. Ich habe das Selbstverständliche verloren, das Selbstverständliche des Seins. Daran leide ich. Das ist alles. Die meisten Leute haben so ein Bewusstsein nicht. Dann gibt es welche, die es erwischt, wie es mich erwischt hat, doch sie werden nicht krank davon. Die Glücklichen! Aber ich habe es nicht ausgehalten. Jetzt bin ich ein Mensch, der mit entblößtem Körper herumläuft, ich meine, ohne Haut, nicht einfach nur nackt! Nackt ist gar nichts dagegen! Meine Organe liegen blank, liegen offen da, wie Exponate in einer Ausstellung, jeder kann sie anfassen, angaffen, beobachten, wegschieben, kneifen. Jeder kann mir die Leber zerquetschen. Und man tut es auch. Ich habe überhaupt keinen Schutz mehr. Begreifst du, k-e-i-n-e-n!

Alles fing damit an, dass ich nach Mailand ging. Ich merkte nicht, dass diese graue Stadt mir die Haut vom Leib zog. Ganz langsam, während ich bei *Spizzico* eine Pizza aß, während ich schöne Frauen anschaute ... während ich Arbeit und eine Einzimmerwohnung in Cesano Boscone suchte. Ich merkte nichts. Der Schlag traf mich erst später, nachdem ich heimgekehrt war und ich mich erholt hatte, wieder gewärmt von der Sonne Sarajevos. Mir war nicht bewusst, dass ich im Sterben gelegen hatte. Darum sage ich dir, dass du grün bist. Paris wärmt dich nicht, stimmt's?

Was ich vom luxuriösen Westen gesehen habe, fand ich unerträglich. Die Autos rasten in einem unmenschlichen Tempo durch die Straßen, sie erweckten den Eindruck in mir, dass da kein Sterblicher am Lenkrad saß, sie schienen komplett aus Metall zu bestehen, aus blinder Kraft. Dann brach die Nacht über der Stadt herein. Blonde, braungebrannte Blondinen – hast du gemerkt, dass sie immer braungebrannt sind? –, diese Frauen, also, hasten nach Hause und wiegen dabei ihren kostbaren Körper auf turmhohen Absätzen. In den großen Palazzi gehen die Lichter an, und an ihren Fassaden lächeln und weinen die mit der Zeit nachgedunkelten Engel. Hast du die Holzdrachen gesehen, die über die Türringe wachen und die Schlösser verschlossen halten? Du bleibst draußen, du bist draußen.

Wenigstens in deiner Heimatstadt erkennen dich die Steine wieder, auch wenn sie sich nachts zusammenscharen, um dich zu töten. Aber dort schart sich nichts um gar nichts zusammen.«

»Ach, komm Mirsad, also wirklich, ich verstehe schon, aber ... Ich habe dir eine Suppe nach Großmutterart mitgebracht, weißt du ... so eine, die dich wieder in die Kindheit versetzt. Sie wird dir schmecken.«

»Dann habe ich gemerkt, was mich jeden Tag so müde macht. Da war so eine Musik, die den Raum einer kleinen Bar in Mailand durchzog, während ich die vorzügliche kapitalistische Coca-Cola trank. Das Lied ist ein sehr bekanntes Stück aus den sechziger Jahren, *Paint it black* von den Rolling Stones, glaube ich. Musik, die die Jugend meiner Eltern begleitete. Dieselbe, die auch die Schönheit meiner Mutter eskortierte, als ich am Strand ihre braungebrannte Hand festhielt. Diese wütenden Noten lieferten die Kulisse zu ihrem nassen Haar und zu den Salzkristallen, die einen angenehmen Duft auf ihrer Haut hinterließen. Sie war voller Träume in diesen fernen Zeiten. Noch nicht zertrümmerter Träume. Ich spürte ihr ganzes Sein (du weißt, wie sehr ich meine Mutter geliebt habe, nicht wahr?), ich spürte, wie ihre Sehnsucht brannte und dass sie so tat, als hörte sie mir zu, während sie vollauf damit beschäftigt war, sich selbst zu beobachten, herauszufinden, in welcher Form ihr Lächeln am betörendsten war und in welchem Profil die Linie ihrer edlen Nase am besten zur Geltung kam. Ich erinnere mich, dass sie sanft versuchte, mein Händchen loszulassen und mich beiseite schob, nur gerade so viel, dass ich den Blick der Männer auf ihr Gesicht und auf ihren Körper nicht verdeckte. Die arme Frau, damals begehrte sie noch, lockte sie noch.

Als ich an einem langweiligen Tag in Mailand dieses Lied wieder hörte, wurde mir klar, dass die Müdigkeit, die ich in mir trage, auf eine anstrengende Last von Träumen zurückgeht. Meinen und denen meiner Mutter. Sie hatte sie mir im Laufe der Jahre auferlegt. Ich hielt (und halte) mit dieser ganzen Last auf den Schultern aus, ohne mich auch nur einen Augenblick davon befreien zu können. Ein Fluch, vergleichbar mit dem von Atlas. Ich kann nicht lachen und springen wie die anderen Jugendlichen, weil ich plötzlich das traurige Gesicht meiner Mutter vor mir sehe und weiß, dass sie nicht bekommen hat, was sie sich vom Leben gewünscht – erträumt – hatte.

Es gab einen Satz, den ich ihr gern zugeflüstert hätte, doch ich habe es nie geschafft. Irgendwie war sie zu naiv, als dass man ihr etwas hätte sagen können wie: ›Im Leben das zu bekommen, was du verdienst, ist ein Geschenk.‹ Darum habe ich den Satz für mich behalten. Tief in meinem Innersten, das inzwischen weit über die Naivität hinausblickt.

Von dem Erbe, das mir auferlegt wurde, kann ich mich nicht befreien, da wäre es leichter, mein Blut auszutauschen, nicht aber Vorlieben, Erinnerungen, Träume und Vermächtnisse. Der Tag am Meer, an dem sie so viel Anmut ausstrahlte und so hinreißend gekleidet war, ließ mich glauben, sie könnte niemals alt werden. Und sie wurde es ja auch nicht. Ließ mich glauben, dass die Vergänglichkeit der Zeit sie verschonen würde und dass ihr Sehnen eine Insel zum Aufblühen finden könnte.

Eine überraschende Blüte. Das letzte Bild, das ich von ihr habe, ist ihr von Bajonetten zerfleischter Körper. Ich setzte mich hin, und ich weiß noch, dass ich sie lange ansah. Dann war da eine Frau, wie aus dem Nichts aufgetaucht. Sie wollte mich wegzerren. ›Komm‹, beschwor sie mich, ›los, lass uns jetzt gehen, du hast genug gesehen, was gibt es denn da noch zu sehen?‹ Sie gab mir eine Ohrfeige, zog mich an den Haaren. ›Steh auf‹, sagte sie, ›das ist nichts, das ist nun nichts mehr, das ist nur Blut.‹ – Ich ging nicht zur Beerdigung meiner Mutter, ich wollte sie nicht sehen. Ich reiste lieber nach Mailand ab.«

Ich bin in Rom. Ich höre Leute albanisch reden. Ich gehe langsamer, um zu lauschen, ich kann nicht anders. Na also, da haben wir's: Ich ertappe mich beim Bespitzeln. Ich möchte wissen, was meine Landsleute außerhalb Albaniens so reden. Wie sie Rom finden oder das, was fremd ist. Das interessiert mich wirklich. Es ist ein »anständiges« Bespitzeln, beruhige ich mich, aus gar nicht so niedrigen Beweggründen.

Wir befinden uns vor einer Universität, deren Namen ich nicht kenne. Sie sind ein Paar um die vierzig.

Ich tue so, als wäre ich in die Stundenpläne der Vorlesungen vertieft. Ich kann mich nicht losreißen. Die Frau fühlt sich einsam, sie will zurück nach Vlorë, es sind Leute aus dem Süden. Sie will so schnell wie möglich nach Hause. Noch am selben Nachmittag! Wieso denn nicht?

Der Mann sieht das nicht ein. Er versucht, sie an das elende Leben in Albanien zu erinnern, an alles, was sie während dieses kurzen Romaufenthalts garantiert schon vergessen hat.

»Ist dir klar, dass du nur zwei Wochen gebraucht hast, um alles zu vergessen? Du warst doch diejenige, die wegwollte! Wir waren uns doch einig, oder? Du wolltest doch viel dringender ausreisen als ich!«

Die Angst, verursacht durch die fremden Straßen und die Autos, die an ihr vorbeifahren und sie beinahe streifen, wecken den unbändigen Wunsch in ihr, wieder nach Hause zu fahren. Sie will nichts mehr von dem wissen, was sich Italien nennt. Sie will weg, zurück in die Heimat. Zum Teufel mit allem.

Gestern Nacht hat sie bei den Nonnen, bei denen sie schliefen, kein Auge zugetan. Das dunkle Kreuz über dem Bett flößte ihr Angst ein, der Duft nach Myrrhe in den Fluren betäubte sie. Die ganze Heiligkeit schüchterte sie ein. Die Betttücher wärmten sie nicht, sie blieben die ganze Nacht über feucht. Die weißen Lilien erinnerten sie an den Tod. Das war es, jetzt verstand sie: Überall fühlte und sah sie den Tod.

Neben dem Portal zur Universität ist der unvermeidliche Pförtner. Ich sehe ihn jeden Morgen, wenn ich vorbeigehe. Er hat einen großen, grauen Hund, einen neapolitanischen Mastiff. Er spielt jeden Tag mit ihm, das heißt, er lässt ihn ein wenig herumlaufen. Meine Landsmännin starrt den Hund an, völlig zu Recht, denn in Albanien haben wir solche Hunde noch nie gesehen. Wir haben Menschen gezüchtet, nicht die verschiedensten Tierrassen.

Auch ich hatte ihn lange angestarrt, als ich ihn das erste Mal sah.

Die Diskussion des Paares bricht ab. Der Hund fesselt ihre Aufmerksamkeit. Sein Besitzer, der Pförtner, geht auf das Tier zu und ruft es mit übertriebener Liebenswürdigkeit in der Stimme: »Luchino, Luchino, na los, komm fressen! Komm schon! Beweg dich! Komm zu Herrchen!«

Luchino kommt angelaufen, unter dem glänzendgrauen Samtfell treten die geschmeidigen Muskeln des Tieres hervor. Das Herrchen öffnet eine große, zylinderförmige Dose. Ich und meine Landsleute stehen still und beobachten die Szene. Die Dose wird mit einem Ruck geöffnet. Es ist eine sehr bunte Dose. Criiiiiic! Man hört ein scharfes, metallisches Knacken. Sie ist offen! Dicke Fleischbrocken mit Soße quellen geradezu spürbar heraus. Luchino verschlingt sie schwanzwedelnd und sabbernd. Der Besitzer schüttet die Dose ganz aus. Wir schauen immer noch zu. Das Ganze hat etwas Magisches.

Der Mann wendet sich wieder seiner Frau zu:

»Siehst du, was ich sehe? Die Fleischklumpen, die dieses Tier frisst? *Ein-Tier-das-Fleisch-frisst?* Siehst du auch, was ich sehe?«

Die Frau schweigt. Sie schaut das Tier-das-Fleisch-frisst an.

»Und du willst nach Albanien zurück«, redet der Mann mit Verschwörerstimme weiter. »Hier frisst ein Luchino Fleischklumpen.«

Luchino beeilt sich, den Teller sauber abgeleckt und in der Sonne glänzend zurückzulassen, um einem grünen Tennisball nachzujagen.

»Ich fahre jedenfalls nicht zurück«, sagt der Mann entschieden, ohne die Augen von dem Hund abzuwenden.

»Ich sehe, ich sehe …«, seufzt die Frau. »Gut, lass uns nicht nach Albanien zurückkehren. Wir fahren nicht mehr zurück, das wär's dann also. Ja, ja wirklich …«

So kam es, dass Luchino das Schicksal eines Ehepaares von der anderen Seite des Meeres veränderte.

Wir sitzen an einer großen Festtafel. Mirsad hat endlich das Haus verlassen und ist bei uns. Er spricht mit niemandem. Starrt auf das Tischtuch. Er ist noch allein oder will allein sein. Er hadert mit den Menschen. Er hat gesagt: »Ich liebe die Menschen, sie faszinieren mich, ich möchte sie umarmen, möchte sie wer weiß weswegen trösten, doch dann liebe ich sie auch wieder nicht, liebe sie ganz und gar nicht, ich finde sie dumm, hässlich, gemein, sie enttäuschen mich, aber dann genügt ein Nichts, und ich liebe sie wieder so sehr, dass es weh tut. Dass ich mein Blut für sie opfern würde, bis zum letzten Tropfen.« Darum ist er an diesem Abend so still. Heute Abend liebt er uns nicht, er schaut nicht einmal auf, um uns anzusehen. Er hat seine drei Hunde mitgebracht, die genauso still sind wie er. Er bereut es zutiefst, mit uns zusammenzusitzen.

Allein zu Hause ging es ihm gut. Was er früher vom Leben wollte, will er heute nicht mehr. Er war ein wenig müde und sah dann keinen Sinn mehr darin, zu kämpfen, zu arbeiten und so weiter. »Mir ist, als stünde ich außerhalb der Welt«, vertraute er mir an. »Seit diesem verfluchten Tag am Meer, seit diesem verfluchten Buch (denn vielleicht hat mir das Buch dieses ganze Elend eingebrockt und hat mich so ängstlich gemacht), seit diesem Tag stehe ich außerhalb der Welt, sehe euch wie in einem Film, lebe wie in einem Film. Das ist äußerst verwirrend und schmerzlich, ich bin vielleicht verrückt. Das muss es sein, ich bin ganz einfach verrückt. *Ich bin draußen.*«

Plötzlich dreht er sich um und erklärt allen und keinem, dass es ihm ausgesprochen gut gehe, nur zu gut, so gut, dass er sich nun verabschieden wolle, weil er an diesem Abend genug Liebe und Zuneigung erhalten habe. Er nimmt die Hunde und ist weg. Nach einem kurzen Augenblick der Verblüffung tun alle so, als wäre nichts gewesen, und setzen ihr Abendessen fort. Mirsads überstürzter Aufbruch hinterlässt einen leichten Ärger darüber in mir, dass ich diese Reise überhaupt angetreten habe.

Das Klappern des Bestecks übertönt die Gespräche. Diesmal sitzt ein stämmiger Mann neben mir. Mich quält die Tatsache, dass-ich-hier-nicht-mehr-sein-will, doch aus Höflichkeit unterhalte ich mich mit meinem Tischnachbarn: »Sind Sie Bosniake?«

»Nein«, antwortet er scharf. »Ich bin kein Bosniake, ich bin Bosnier.«

»Entschuldigung, aber wo ist da der Unterschied?«

»Ein Bosniake ist einer, der einer Religion angehört, ein Bosnier ist ein Einwohner Bosniens, ein freier Bürger.«

Sein Gesicht erinnert sehr an die aus der früheren kommunistischen Partei Albaniens. An die, die ich viele Jahre im Fernsehen gesehen habe, an die, die uns das Paradies auf Erden versprochen haben. Er ist ein Feldwebel, oder ein ehemaliger Feldwebel.

Ich muss gehen. Eine falsche Frage, und man wird mit einem Blick aufgeknüpft. Besser, man macht keine Fehler.

Immer noch Rom. Vor zwei Tagen habe ich Albanien verlassen, und jetzt bin ich in Rom.

Rom, Rom, Rom, Rom.

Der Geruch einer bestimmten Zahncreme, die Lichter der Nacht, die Skulpturen auf den Straßen (diese Skulpturen jagten mir Angst ein, sie waren zu fremd und über die Maßen verdreht), doch ich widerstand all dem Glanz, wie die Partei es mich gelehrt hatte: mit Stolz und Gleichmut.

In dieser Zeit lernte ich Michele kennen. Ich wohnte bei meiner Cousine im Studentenwohnheim. Seit ich in ihr Zimmer eingezogen war, luden sich ihre Mitstudenten etwas öfter als sonst zum Kaffee ein.

»He, Brú!«, riefen sie von einem Fenster zum anderen. »Wirklich süß, deine kleine Cousine. Wann können wir denn mal einen Kaffee bei dir trinken?«

So kam Michele. Er sah blendend aus, zumindest habe ich das so in Erinnerung. Sie nannten ihn Rodolfo Valentino. Er studierte Ingenieurwesen. Auch er litt unter der Schönheit Roms, denn er kam aus dem tiefsten Süden Italiens, aus Reggio Calabria. Sein Haar war immer fest und mit viel Gel frisiert, und er wusste, dass er gut aussah.

Da war etwas zwischen mir und Michele. Das spürte ich. Sein Duft begleitete mich durch die Tage. Das Leben begann auf einmal, verheißungsvoll zu sein.

Meiner Cousine gefiel das Kaffeeritual nicht besonders, es passte ihr nicht. Sie ist ein viel ernsthafteres Mädchen als ich. So war sie, und so bleibt sie. Mir dagegen gefiel das Kaffeeritual.

»He, Brú«, sagte Michele, »richte deiner Cousine aus, dass sie sich nicht schminken soll, sie hat das nicht nötig! Sie ist auch so bildhübsch!«

Eines Abends holte Michele mich ab, um mir Rom zu zeigen. Ich stieg in sein Auto, er spielte das Lied *E penso a te* von Lucio Battisti. Er trällerte mit.

Rodolfo Valentino neben mir, die italienische Sprache, Rom am Abend, Albanien im Rücken, die gutriechende Zahncreme, das Gel in Micheles Haar, das langsam dahingleitende Auto, die Lichter, die gelb wie der Neid waren, die Angst vor der obskuren Freiheit, Rodolfo Valentino, der sehr gut ausgesehen haben muss, doch wer war das? Er muss phantastisch ausgesehen haben. Meine Güte, die italienische Sprache, die mir fehlt, die ich nicht sprechen kann, »torno a casa e penso a te, io non dormo e penso a te«.

Ich wollte sterben, doch ich bin nicht gestorben, deshalb hatte alles ein Ende.

Michele brachte mich zum Studentenwohnheim. Nacht unter den Kolonnaden, die Statuen waren fern, die Lichter auch, das Lied war vorbei, und ich lebte immer noch. Wegen dieses Versehens, dass ich immer noch am Leben war, flüsterte ich Michele die einzigen Worte zu, die ich in seiner Sprache kannte: »Michele, ich liebe dich.«

Es folgte die Katastrophe. Michele ging zu meiner ernsthaften Cousine und erzählte ihr, dass ich »ich liebe dich« zu ihm gesagt hatte.

Das war unverzeihlich, das merkte ich an der Reaktion meiner Cousine und an der Wut meiner Mutter, ich hatte die Ehre der Familie befleckt und die der Cousine, die mich doch so freundlich aufgenommen hatte! Ich hatte die Ehre ganz Albaniens befleckt. O Gott! Wo sollte ich meinen Kopf jetzt noch hineinstecken!

Michele sagte: »He, Brú! Ich hab doch eine Verlobte! Was will denn deine Cousine von mir? He!«

Rodolfo Valentino kam nicht mehr zum Kaffee. Die Wut und die Scham meiner Mutter schlugen mich ans Kreuz, um mich anschließend lebendig zu begraben. Ich hatte alle Rechte verloren, durfte keinen Mucks mehr von mir geben.

Michele hatte mich verraten. Das überraschte mich sehr. Warum bloß hatte er das Bedürfnis, meiner Cousine etwas zu erzählen, was nur für ihn bestimmt gewesen war? Einen Satz, der nur für diesen wundervollen Abend gedacht war und keinerlei spätere Ansprüche enthielt.

Noch heute hätte ich Lust, diesen Michele zu ohrfeigen, der so unfähig im Nehmen war. Wie gern würde ich diesem Mörder der Schönheit seine geldurchtränkte Frisur ruinieren!

Wenn man in Mailand in die Via Montebello kommt, darf man sich nicht über den Anblick wundern, den die lange, düstere Schlange von Ausländern bietet, die auf Einlass ins Polizeipräsidium warten. Die Mailänder achten schon gar nicht mehr darauf. Eine Belästigung, ja, manchmal schlägt sie ihnen ins Gesicht, wenn sie zur Arbeit hasten.

Es ist Morgen, Mailand duftet nach frischen Croissants und Milchkaffee. Die Mailänder Herren sind sorgfältig gekämmt, ihre Körper sind unter eleganten Jacketts verborgen, ihre Gesichter sind sonnengebräunt, das Kölnischwasser vermischt sich mit dem Morgen, die Damen sind blond und schon dynamisch.

Das Ende der Schlange, die ins Schwarzbraune spielt, ist manchmal nicht zu erkennen. Die Hoffnung, in die Büros des Präsidiums vorzudringen, bleibt oft nur eine Hoffnung. Diese hageren, wehrlosen Gesichter, die Schlange standen, ohne sich dessen bewusst zu sein, taten mir in der Seele weh. Sie weckten den Wunsch zu sterben in mir, weil es keinen Ausweg gab.

Ohnmächtig, weil ich eine von ihnen war, hätte ich sie am liebsten geohrfeigt. Zwei Ohrfeigen für den einen, drei für den anderen. Kopf hoch! Weck deine Lebensgeister! Spannkraft in deinen Körper, verdammt noch mal!

Ich wusste genau, wie ihre Nächte waren, kannte ihre Konfusion.

Damit wir nicht übermütig wurden – schließlich sind wir unordentliche Leute und kommen aus Ländern, die genauso unordentlich sind – stellen sie Metallgitter um uns herum. Darin müssen wir bleiben, in dieser Geometrie. So bilden wir ein dunkles Mosaik im Herzen des anständigen Mailands. Die Carabinieri mit ihren Milchgesichtern und ihrer butterweichen Haut wirken unglaubwürdig in ihren Uniformen. Die Sorgfalt, mit der sie sich am Morgen ihren Haaren gewidmet haben, ihr starkes Parfüm, ihre Kleidung und ihre von Diskothekennächten schlaftrunkenen Augen flößen mir nicht viel Vertrauen ein.

Mir kommt plötzlich eine Kriegsszene in den Sinn:

Sie rennen wie die Hühner und schreien ängstlich *Mamma mia! Mamma mia!*

Ich habe bestimmt Unrecht, ich weiß. Diese Unterstellungen, die mir da einfallen, sind die Überbleibsel einer strengen Erziehung.

Ob Kälte, ob Hitze, ob Krankheit, ob Arbeit oder nicht, man muss treu und brav Schlange stehen. Besser, man stellt keine Fragen, denn die Leute hier haben diese Schlangen satt, die nichts Gutes bringen. Ein paar junge Carabinieri schlendern herum. Sie fischen hübsche Mädchen heraus. Die Italiener haben ein empfindsames Gemüt, Schönheit lässt sie nicht kalt. Schönheit darf nicht leiden. Wenn die Natur selbst es mit den schönen Geschöpfen gut gemeint hat, wie könnte sich der Mensch da nicht vor ihnen verneigen? So werden die reizendsten aus der Masse der Verzagten herausgeholt und hören auf, Schlange zu stehen. Der Carabiniere bietet ihnen einen Kaffee an, man raucht eine Zigarette zusammen, man plaudert über dies und das, fragt nach der Telefonnummer, und dann darf das Mädchen direkt zum Schalter für die Aufenthaltsgenehmigungen. Sie lässt die Schlange hinter sich. Ich war eines von diesen Mädchen. An dem Tag trug ich die Tasche einer Modellagentur über der Schulter. Der Name der Agentur stand in knallweiß auf dem schwarzen Stoff: »flash model management« war (und ist) die Garantie eines Traums.

Ich stehe seit fast einer halben Stunde an, als mich ein freundlicher Carabiniere herausfischt. Ein Milchgesicht. »Komm her«, sagt er zu mir. Ich gehe zu ihm, lasse die Menge der Verzweifelten, Alten und Unglücklichen hinter mir: ich, weil ich jung und attraktiv bin und bestimmt auch, weil ich diese Tasche über der Schulter trage. Schon bin ich in der großen Vorhalle des Präsidiums. Hier ist es warm, und man fühlt sich wohl. Hinein ins Leben! Daniele bietet mir einen Instantkaffee an. Ich nehme ihn.

Die Schlange verfolgt mich mit Blicken – und hasst mich.

Sie tötete mich. Ich steckte ihre stummen Worte ein.

Was man im Ausland nie so einräumt, wie es sein muss, sind, wie ich gemerkt habe, die Schubladen. Den Schubladen eines Menschen oder einer Familie fehlt fern der Heimat ihre Geschichte.

Als Kind war ich ganz verrückt nach Schubladen, es gab einfach alles darin. Meine Tante war immer entsetzt, wenn sie mich kommen sah. Ich schoss wie der Blitz herein, lärmend und freudestrahlend, und warf ihr nur von weitem ein kurzes »Hallo, Tante!« zu, weil ich es nicht mehr aushielt, ich konnte es kaum erwarten, mich auf ihre Schubladen zu stürzen. Sie fand das stets ungezogen, und schuld daran waren meine Eltern, eine Behauptung, die mir immer gegen den Strich ging.

Die Dinge in den Schubladen wandern. Oder besser, sie sind schon seit jeher auf Wanderschaft. Sie wandern pausenlos von einer Schublade in die andere. Ich habe falsche Zähne wandern sehen, sorgsam abgeschnittene und in einem Plastiktütchen aufbewahrte graue Haarlocken, Karten mit der weinenden Madonna, Partisanensterne, Liebesbriefchen mit unbekannten Namen, getrocknete Veilchen, Bleisoldaten, alte Gesichtscremes und ranzige Parfüms. Die Wanderschaft dieser kleinen, vernachlässigten Welt hat mich stets überwältigt und tief berührt.

Richtige Schubladen brauchen eine jahrzehntelange Familiengeschichte. Die interessantesten von ihnen – die Schatzkästchen – sind häufig die eines Hauses, durch das mehrere Generationen gegangen sind. Meine heutigen Schubladen bergen keinen Zauber in sich. Ich bin mir sicher, dass das so ziemlich für alle Schubladen von Leuten gilt, deren Ortswechsel erzwungen und schmerzhaft sind.

Wenn ich die Schubladen von heute aufziehe, sticht trotz des darin angehäuften Krimskrams das Holz des Bodens schneller ins Auge als bei den seit langem bewohnten, die frische Nacktheit fällt auf. Sie sind wie neu. Wenn sie altern, tun sie dies nicht überzeugend.

Die Schubkästen der Kindheit hatten praktisch keinen Boden. Wie sagt man bei uns zu Hause so schön von einem märchenhaften Ort: Du findest dort alles – außer Mutter und Vater. Doch in den Schubladen meiner Tante fand ich sogar die.

Ich will nicht länger in Sarajevo bleiben. Ich gehe zu Mirsad, um ihm das zu sagen. Ich klopfe ohne Vorwarnung an seine Tür. Er öffnet mir mit gesenktem Blick.

»Weißt du, es geht mir wirklich gut«, erklärt er mir. Mach dir keine Sorgen mehr um mich, ich fühle mich langsam richtig wohl, aber versuch wenigstens du, das zu verstehen, ich habe keine Lust, aus dem Haus zu gehen, weil es mir in meinen vier Wänden großartig geht, ich habe meine Hunde, die mir Gesellschaft leisten, und merke, dass ich überhaupt nichts mehr brauche. Was ich dir sagen wollte, was ich auf dem Herzen hatte, habe ich dir gesagt, und es hat mir sehr gut getan. Ich wollte dir von dem Tag in Mailand erzählen und von diesem Lied, das meine Mutter begleitete. Möglicherweise kommt dir das idiotisch vor, doch am Telefon konnte ich dir das nicht erzählen. Aber jetzt ist es vorbei, vorbei, ich habe mir alles von der Seele geredet, und ich danke dir.«

»Umso besser, denn ich will wieder weg, ich kann hier nicht mehr bleiben, es tut mir nicht gut, ich kann nicht schlafen. Der Geruch von gebratenen Paprikaschoten, der Feta, die Oliven ... Meine Großmutter ist sogar aus dem Grab gestiegen, und ich weiß nicht, was ich damit anfangen soll ...«

Was ich ihm da sage, gefällt ihm nicht. Ich bin sehr ausländisch geworden.

»Um dich ist es wohl geschehen«, antwortet er matt.

»Wenn du nicht einmal mehr die Gerüche deiner Vergangenheit erträgst ... Doch im Grunde verstehe ich schon, ich verstehe. Sag Milica Bescheid, der Frau, die sich um deine Reise gekümmert hat. Sie kann das Rückflugticket für dich umtauschen, es wird ihr sicher ein Vergnügen sein.«

Mit diesen Worten schlägt er mir die Tür vor der Nase zu, und mit der Tür trifft mich ein stechender Schmerz, der mich allein zurücklässt.

Milica sieht heute so aus, als hätte sie alle Hoffnung aufgegeben. Ich bitte sie um den Gefallen, das Ticket für mich umzutauschen, und sie fragt mich ärgerlich, ob ich mit ihrer Gastfreundschaft nicht zufrieden sei. Ich versichere hastig, dass ihre Gastfreundschaft tadellos sei, »doch in so unmittelbarer Nähe zu Albanien zu sein ... denn – ich weiß nicht, ob ich mich verständlich machen kann – aber ich überlebe nur mit und durch den Abstand ... heute, Milica, weißt du, heute brauche ich Abstand, um leben zu können. Ich kann weder essen noch schlafen, der Aufenthalt hier tut mir nicht gut ... ich möchte zurück. Ich war heute bei Mirsad, er hat mir gesagt, es geht ihm gut, er will niemanden bei sich haben, wir sollen ihn in Frieden lassen und vor allen Dingen allein. Am Ende ist die Einsamkeit gar nicht so schädlich, wie man denkt, Milica. Sie könnte ja auch ein Glück sein, wer weiß. Jedenfalls kann ich wieder abreisen. Ich will wieder abreisen.«

»Gut, ich werde versuchen, dein Ticket umzutauschen, doch das ist äußerst schwierig, musst du wissen. Fast unmöglich.«

»Bitte, Milica, bitte tu etwas.«

Milica mit den gestorbenen Hoffnungen sieht mich mit einer gehörigen Portion Feindseligkeit an. Mir gegenüber, die ich vom Balkan komme und noch dazu aus Albanien, kann man sich so einen Blick leisten.

Ich verlasse ihr Büro mit der Gewissheit, dass Milica keinen Finger rühren wird, ihre Missgunst war nicht zu übersehen: »Bleib gefälligst hier, du Albanerin, ausgerechnet du willst nach Paris! Nach Paris! So etwas. Du hast die hiesigen Schlammstraßen vergessen! Erinnere dich ruhig, das kann dir nur guttun! Bleib noch ein Weilchen! Du wirst nicht gleich sterben! *D-i-e will hier weg!*«

Doktor Aristidhi versucht, das Gesicht Albaniens zu retten. Mutter Teresa, obwohl sie Albanerin war, hat es nicht geschafft, uns zu retten, weil es viel mehr albanische Prostituierte als Heilige gegeben hat. Die anständigen Albaner leiden darunter, unter all dem Schlechten, was ihre Mitbürger außerhalb der heimatlichen Mauern angerichtet haben. Denn es gibt sie, die anständigen Albaner. Die verschämt den Kopf senken und es kaum über sich bringen zuzugeben, dass sie Albaner sind.

Diese und auch andere Albaner tragen ein heißes Sehnen in der Brust. Sie möchten das Bild ihres Landes ändern, aber die Geschichte lehrt, dass sich das als sehr schwierig erweisen kann, und manchmal erfordert es viel Zeit. Die Italiener brauchten fast ein Jahrhundert, um die Taten und Untaten im Zuge ihrer Einwanderung in die Vereinigten Staaten und in den Rest der Welt wiedergutzumachen.

Was also könnte Albanien retten, was könnte es in nächster Zeit retten? – Ein Impfstoff gegen Aids, warum nicht. *Impfstoff gegen Aids von Albanern entdeckt! Albaner retten die Welt vor Aids!*

Was für ein Irrglauben! Die Zeitungen der ganzen Welt voller Schlagzeilen über die Albaner, und wofür am Ende? Für die Ehre!

Doktor Aristidhi hat sich an die Arbeit gemacht, um die Lösung zu finden, die Millionen Menschenleben retten kann. Er hält sein Tun weitgehend geheim, denn man kann ja nie wissen, jemand könnte kommen und ihm die Ideen stehlen.

Doktor Aristidhi ist ein Mann, der im ehemals kommunistischen, strahlenden Albanien vollkommen ausgegrenzt war und das nur, weil er versuchte, mit Kräutern zu heilen. Kräuter waren in Albanien, wo alles mit Tetrazyklin behandelt wurde, überholte Relikte aus der Vergangenheit.

Es gibt also Menschen, die, im Stillen und nahezu unterirdisch, wie die Ameisen an der Verwirklichung eines Traums arbeiten. Fernab von den mächtigen, gut ausgerüsteten Labors. Doktor Aristidhi ist einer von ihnen. Er geht an den herkömmlichsten Orten auf Schatzsuche und hat damit gar nicht so Unrecht. Es wird gemunkelt, dass er kurz vor der Entdeckung des heißersehnten Impfstoffs gegen Aids steht, dass er ihn vielleicht schon gefunden hat. Doch er hüllt sich in Schweigen. Er geht mit seinem langen, nunmehr weißen Haar umher, den Kopf gesenkt und voller Forschungsgedanken. Er hat sich da keiner geringen Herausforderung gestellt, und die Bürde dieser wichtigen Studien lastet schwer auf ihm.

Vielleicht ist er Tierarzt, vielleicht ist er Humanmediziner, genaues weiß man nicht. Er hat tausende Anhänger, die in hoffnungslosen Fällen, wenn die moderne Medizin versagt, ihre letzte Hoffnung in ihn setzen. Manche Zungen, die vielleicht nur böswillig sind, tuscheln, dass Aristidhi Eselsblut kocht. Dass der heißersehnte Impfstoff unter Umständen entsteht, wenn man das Blut eines arglosen Esels kocht, der nicht einmal ahnt, was für Heilkräfte womöglich im Saft seiner Adern stecken.

Ich stelle mir den Esel vor, der mit seiner harmlosen Miene große Schätze vor uns verbirgt, während er Gras frisst und vor sich hin starrt.

Ach ja, diese unschuldigen Wesen! *Méfiez-vous!*

Das Tier läuft schließlich mit diesem Zaubermittel in den Adern auf der Weide herum! Packt es! Fangt es ein im Namen von Millionen Menschen, die im Sterben liegen! Der Esel, der nicht die Absicht hat, sein Blut für die Menschheit zu opfern, rennt und galoppiert hin und her. Er ist der einzige Esel, der dieses großartige Blut hat, und es gibt ihn einzig und allein – na, was für ein Zufall! – einzig und allein auf den von der Sonne verbrannten Weiden eines gottverlassenen Dorfes in Albanien. Weil die Luft hier noch kristallklar ist, das Wasser auch, denn der Kommunismus hat den Himmel vieler Dörfer gerettet, bis der Qualm der Mercedesse und der Range Rover aus Tirana kam, um das verdorrte Gras restlos grau zu färben.

Doktor Aristidhi will dieses junge Eselchen erwischen, hat es vielleicht schon erwischt. Dann wird er es auf jede erdenkliche Weise kochen, behaupten die bösen und zugleich erstaunten Zungen weiter, die ganz erpicht darauf sind, an ein Wunder zu glauben; mit Kräutern gekochtes Eselsblut, ohne Kräuter gekochtes Eselsblut, mit ungesüßten Pflaumen versetztes Eselsblut, auf nur siebzig Grad erhitztes und mit japanischem Tee vermischtes Eselsblut, unter schwarzen Steinen erkaltetes Eselsblut.

So sieht man dem Tag entgegen, da der Name der Albaner auf der Titelseite der *New York Times* oder der *Herald Tribune* prangen wird. Der Tag wird kommen, er wird kommen!

Ich rufe Milica schon zum fünften Mal an, doch sie hatte noch keine Zeit, um mit dem Reisebüro zu sprechen.

»Das ist sehr schwierig«, wiederholt sie ruhig, »und falls es überhaupt möglich ist, wird das Ticket sehr teuer sein, um die tausend Euro.«

»Milica, bitte«, flehe ich sie an.

Dieses Flehen hatte ich schon vergessen. Milica lässt mir meinen Stolz nicht, lässt mir meinen Platz nicht. Sie will mich erniedrigen, und sie gewinnt, ich werde sanfter als ein Lamm, mehr als nötig wäre. (Die Hand, die man nicht beißen kann, küsst man, sagt ein chinesisches Sprichwort.)

»Milica, versuch es doch wenigstens, dann sehen wir weiter!«

Das Klicken des Hörers, der aufgelegt wird, macht unserem Gespräch und auch meiner Hoffnung ein Ende, Sarajevo bald zu verlassen.

Die Nächte in meinem kleinen Hotel sind schlaflos, bis das Licht der Morgenröte die Gegenstände meines blau eingerichteten Zimmers wiederentdeckt.

Die Decke des zweiten Bettes, denn hier stehen zwei Betten, hat das gleiche Muster aus türkisblauen Fischen wie das Sofa meiner früheren Nachbarin Grace. Im Bett liegend und mit traumverlorenem Blick auf die Fischlein, bin ich wieder bei Grace, der Amerikanerin Grace, die wegen eines Studienaustauschs nach Paris gekommen war.

Ein schönes Mädchen, blond, mit hellen Augen, ein wenig pausbäckig; wenn sie ein Dutzend Kilo abnehmen würde, hätte sie das perfekte Gesicht für eine Modezeitschrift. Grace ist vierundzwanzig und Jungfrau. Ich erkläre ihr, wo Albanien liegt, jetzt weiß sie es, und ich glaube, sie wird es nun für immer wissen. Sie ist ein sehr frommes Mädchen, Gott schenkt ihrem Herzen Frieden, obwohl sie gar nicht so viel davon braucht, sie geht jeden Sonntag in die Kirche, offenbar in eine Kirche, in der sich sämtliche Amerikaner von Paris treffen.

Wir saßen auf ihren Fischlein und redeten über Gott und die Welt, über Liebschaften, das Studium und dann über die Jungfräulichkeit von Grace. Das ist eine hochwichtige Sache für sie, ein Geschenk, das sie ihrem künftigen Ehemann, den sie noch nicht kennt, in der Hochzeitsnacht machen möchte. Sie will ihm sagen: »Siehst du, ich war noch Jungfrau! Für dich!« Darauf legt sie großen Wert. Schön, schön, warum nicht? Mich berührt diese Geschichte inmitten des heutigen und ewigen Sexrummels.

Wir sitzen auf ihren Fischlein, die alles mithören, und ich fange die schmeichelnden, amerikanischen Laute von Grace ein, die mir anvertraut, dass sie Sex erstmals mit einer Freundin entdeckte, als sie sechzehn war. Es folgten noch einige Freundinnen, noch einige Abenteuer, viele Abenteuer. Sie kennt sich mit Orgasmus und Fellatio aus, hatte Analverkehr und merkte, dass ihr das Spaß macht. Sie masturbiert, hat mit einem Haufen Männern geschlafen, lässt sich jedoch nur anal penetrieren. Bestenfalls lässt sie den Penis an ihren Schamlippen und an ihrer Klitoris reiben, für den Rest aber lässt sie sich andere Lösungen einfallen, an denen es Gott sei Dank nicht mangelt.

»Grace, wo bleibt denn da deine Jungfräulichkeit,

das Geschenk, das du deinem Ehemann machen möchtest?«

»Aber ich bin doch Jungfrau! Ich bin ein unberührtes Mädchen!«, beharrt Grace, dieses blonde, hellblaue Ding.

Das Telefon klingelt, Milica bestätigt mir, dass es vor dem geplanten Termin keine freien Plätze nach Paris mehr gibt, und ihre Stimme fügt etwas hinzu, was wie eine Belehrung klingt: »Ich habe es dir ja gleich gesagt.« Ohne mir die Zeit zu lassen, auch nur einen Ton zu sagen, legt sie auf.

Tags darauf bellten Mirsads Hunde den ganzen Tag über. Auch nachts, sie bellten schon die zweite Nacht lang ununterbrochen. Kein Mensch hatte Mirsad an diesen zwei Tagen gesehen. Er hatte sich unmissverständlich ausgedrückt, hatte darum gebeten, gütigst in Ruhe gelassen zu werden, da es ihm wieder gut ging. Sein Nachbar hatte sich nicht getraut, in seiner Wohnung nachzuschauen, warum denn seine Hunde dermaßen bellten.

»Der Junge war zuletzt sehr merkwürdig«, erzählte er. »Er grüßte mich nicht mehr. Er hielt den Blick immer gesenkt. Leuten, die immer den Blick gesenkt halten, kann man nicht über den Weg trauen. Man sollte wirklich mal nachsehen, was mit den Hunden da drinnen los ist«, fuhr er fort. »Ich halte das nicht mehr aus, sie scheinen durchgedreht zu sein, so habe ich sie noch nie gehört. Da muss was passiert sein, das ist die einzige Erklärung. Ich habe die ganze Nacht kein Auge zugetan bei diesem Gebell. Ich glaube, sie springen gegen die Wände oder vielleicht auch gegen die Tür.«

Milica aber bat darum, dass man Mirsad in Frieden ließ. »Er ist Künstler«, sagte sie. »Künstler sind nun mal so, sie brauchen Ruhe und müssen allein sein.«

Also ließ man noch einen Tag verstreichen. Dann rief der Nachbar, der es nicht mehr aushielt, die Polizei. Als man die Tür öffnete, fand man die drei Dobermänner außer Rand und Band. Die Hunde stürzten wild hinaus. »Wir mussten sie erschießen, sonst hätten sie uns zerfleischt«, erzählen die Polizisten. Erst dann konnten sie in die Wohnung. Einer der Hunde röchelte noch. »Das hat mich wirklich sehr mitgenommen«, gestand der Jüngste. »Ich musste ihn sofort erschießen, damit er sich nicht mehr so quälte.«

Die Wohnung sah aus wie ein Schlachtfeld. Die Hunde hatten die Vorhänge und die Sessel zerfetzt und überall ihr Geschäft verrichtet. Die armen Tiere hatten seit mindestens drei Tagen nichts gefressen. Von Mirsad fehlte jede Spur. Sein Bett war leer und zerwühlt. Man rief nach ihm und suchte ihn überall, weil man annahm, er habe in seiner Verzweiflung irgendeine Dummheit begangen, doch nichts. Nichts ließ erkennen, was mit ihm geschehen war.

Ich bin nicht fürs Reisen geboren. Ich sehe es, merke es. Meine Koffer sind unpraktisch. Immer enthalten sie Dinge, die sich als nutzlos erweisen. Dabei mache ich mir wirklich Gedanken, wenn ich sie vollpacke, denn ich kenne mein Talent, sie mit zwar unnützen, doch schön schweren Sachen zu füllen.

Ich habe beschlossen, einen leeren Koffer zu öffnen und an mein Bett zu stellen (und das drei, vier Tage vor jeder Abreise), so könnte ich darüber nachdenken, was ich diesmal an Nötigem, an wirklich Nötigem, hineintun möchte. Diesmal mache ich nichts falsch. Ich komme mehrmals an dem Koffer vorbei und suche sorgfältig aus, was ich hineintun will, so packe ich wohlüberlegt nur ausgewählte Sachen ein.

Zwei Tage vor der Abreise befördere ich den Koffer ins Wohnzimmer und betrachte die bauchige Wölbung mit der Freude und der Gewissheit, dass mir dieses Sammelsurium diesmal nicht aus der Hand rutschen würde. »Diesmal«, sage ich zu meinem Koffer, »habe ich dich unter Kontrolle!«

Ich lege ein Säckchen Ambra zwischen die Kleider, weil das gut riecht. Der Koffer, klug und reglos zu meinen Füßen, ist fügsam, ich kann mit ihm tun, was ich will; ich packe ein, packe aus, nehme alles heraus – so einfach, einen Koffer zu packen.

Sobald sich die Tür hinter mir geschlossen hat, gewinnt der Koffer die Oberhand. Er wird schwer, obgleich gar nichts in ihm steckt! Ich habe darauf geachtet, nicht zu viel einzupacken, habe nur das Allernötigste mitgenommen. Am Reiseziel angekommen, öffne ich ihn. Jetzt, neben einem öffentlichen Bett, in dem fremde Leute geschlafen haben, fletscht dieses treulose Ding von einem Koffer die Zähne. Er muss seinen Inhalt verändert haben, irgendetwas hat er jedenfalls angestellt. Zwar sind das die Kleider, die ich sorgsam ausgesucht habe, das ja, auch die Hosen und die Strümpfe, doch ich weiß nicht, warum sie plötzlich unverwendbar geworden sind, und so kommt es, dass ich auf Reisen häufig in dem T-Shirt bleibe, das ich schon bei meiner Ankunft getragen habe.

Sobald ich wieder zu Hause bin, finden die Kleidungsstücke zu ihrem wahren Wesen zurück, und ich erkenne ihre eigentliche Bestimmung wieder. Ich ziehe sie an und sie stehen mir gut, ich kenne sie, es sind meine Sachen. Außer Haus verwandeln sie sich und verraten mich.

Das Büro schwimmt im Rauch, die Reste des Mittagessens, gefüllte Paprika, kleben noch an den Papieren auf den Schreibtischen. Das große Poster von André Malraux, das Mirsad an die Wand genagelt hat, überwacht alles. Milica geht es gut, sie geht jeden Tag zur Arbeit und hat keine schlaflosen Nächte, ihr Appetit ist nach wie vor gesund, und sie ist überzeugt davon, dass ihr Neffe nach Hause kommt, sobald er kann. Er ist wieder nach Mailand gefahren, versichert sie. Er kommt zurück, wann es ihm passt. Er ist wie seine Mutter, die auch gern für Überraschungen sorgte.

Sie sitzt von anderen Frauen umringt am Tisch in der Mitte, und sie diskutieren. Sie gehen ganz darin auf. Ihre Wangen sind gerötet, der türkische Kaffee fließt in Strömen, ihr Fleisch ist in enge Röcke gezwängt, die es notdürftig zusammenhalten. Sie gehören zur Sorte der starken Frauen, ihre einzige Schwäche ist das Thema, über das sie gerade reden.

Ich sitze Milica gegenüber, die mich einfach übersieht, ich bin Luft für sie. Sie diskutieren über innere Schönheit.

Durch die Verbindung dieser beiden Wörter entsteht ein ausgemergeltes Tier, das man seit Ewigkeiten bellen hört. Alle oder fast alle reden darüber, über innere Schönheit. Auch das kommunistische Albanien sprach von der Schönheit der Ideale, die man »in« sich trägt, vom strahlenden »seelischen, inneren« Blick, vom Wunder der Arme, die den Mais ernten (der innerlich schön macht), von der neuen (innerlich schönen) sozialistischen Frau auf dem Traktor.

Schön zu sein, körperlich schön, zart und elegant zu sein oder von schwächlicher Statur, war nicht kommunistisch. Es war besser, die Gemüter nicht unnötig zu verwirren. Alle mussten gleich sein und im Besitz des wahren Wertes: der inneren Schönheit.

»Männer wollen Frauen mit Köpfchen!«, höre ich.

»Sie vögeln die schönen zwei Abende lang, aber dann kommen sie ja doch wieder nach Hause!«

Die Frauen nicken bewundernd, oh, sie entspannen sich ein wenig, es ist wirklich wahr, all die hier versammelten Frauen besitzen innere Schönheit. Ausnahmslos alle, und keine von ihnen zweifelt daran.

Die Debatte ist hitzig. Sie haben sich über die Schönheit geärgert und werfen mit Steinen nach ihr: Sie bieten ihrem Ehemann schließlich Geist und Intelligenz. Ich frage mich, ob sie sich abends in Einstein oder da Vinci verwandeln, in Spinoza oder Arendt, um den Gemahl so zu bezaubern. Ich bin mir sicher, dass selbst die dümmste der Schönen in der Lage ist, abends mit ihrem Ehemann die Gespräche dieser Frauen über Urlaubsfotos und die Kochzeiten von Reis zu führen (vorausgesetzt, der erwähnte Ehemann interessiert sich für derlei höheres Wissen).

Wie vielfältig lässt sich der Begriff der inneren Schönheit doch auslegen: Jeder kann sich ihrer erfreuen, denn man kann sie weder anfassen noch auf Anhieb sehen, man erzählt dir, du sollst abwarten, auch wenn gar nichts durchschimmert, und dies mit der Ausrede, dass diese Schönheit dermaßen tief sitzt, aber auch dermaßen tief. Man muss der inneren Schönheit Zeit lassen, denn am Anfang kann sie sich nur mit spitzen Stacheln zeigen, so wie sich diese Frauen jetzt Zeit lassen, die sich versammelt haben, um die körperliche Schönheit zu verdammen. Aber was soll eigentlich dieses ganze Tamtam zur Lobpreisung der Klugheit eines Menschen? Seines Talents? Oder seines Mutes? Sind nicht auch das angeborene Gaben und Fähigkeiten wie die, als Schönheit zur Welt gekommen zu sein? Man kann als Intelligenzbestie geboren werden, und man kann das Licht der Welt auch mit den Augen ausgemachter Dumpfbacken und Trottel erblicken.

Das ist ungerecht, ganz recht. So ist das eben. *Est est, non est non est.*

Unverhofft meldet sich Nietzsche mit einem Satz über die Gefahren der Schönheit bei mir: »Diese Frau ist schön und klug: ach, wie viel klüger aber würde sie geworden sein, wenn sie nicht schön wäre!«

Wirklich?

Vielleicht auch nicht.

Mirsad hat nichts mehr von sich hören lassen. Niemand spricht über ihn, niemand will über ihn sprechen. Sie sind davon überzeugt, dass er ins Ausland gegangen ist. Fällt in einem Gespräch sein Name, breitet sich ein erdrückendes Schweigen aus, und man wechselt das Thema. Es heißt, er sei nach Mailand gegangen und fühle sich wohl. Sie wissen es.

Ich wechsle ein paar Worte mit dem französischen Mädchen, das in Sarajevo neben Milica arbeitet. »Sophie«, frage ich sie, »kannst du mir die Telefonnummer des Reisebüros geben, bei dem ihr die Tickets bestellt?« – »Natürlich«, antwortet sie freundlich. So kehre ich mit der Telefonnummer in der Tasche ins Hotel zurück, lege sie jedoch erst einmal auf den Nachttisch. Ich schinde Zeit, bevor ich anrufe, denn eigentlich glaube ich, was Milica mir erzählt hat, dass es nämlich keine freien Plätze mehr gibt. Ich bleibe liegen und blättere in einer Zeitschrift für zeitgenössische Kunst. Ich stoße auf Nan Goldin, die gerade eine Ausstellung in Paris hat, im Centre Pompidou.

Die Fotos gleiten durch meine Hände, ich betrachte die Gesichter ihrer Freunde, die sie fotografiert hat, um deren Leid darzustellen, deren Elend.

Auf einer Seite wird eine leidende Frau mit blassem Gesicht gezeigt, die mir ein Lächeln entlockt. Die Blasse raucht eine Zigarette, man sieht, dass sie traurig ist, tieftraurig, das Leben hat ihr übel mitgespielt, sie hat keinerlei Erwartungen mehr. Das drückt ihr Blick aus, sogar ihr Haar erzählt davon, ihr Leiden lastet schwer auf einem Balkon, vor dem die Säule der Place Vendôme auftaucht. Sie pflegt ihr Elend in den Betttüchern des Pariser Hotels Ritz. Denn was inzwischen hinlänglich bekannt ist: Es gibt Unglücke, die gehätschelt werden, und andere, die unter den Teppich gekehrt werden und vor denen die gesamte Menschheit die Augen verschließt, ohne sich sonderlich aufzuregen.

Da kann ich nur seufzen: Die arme Frau! Die arme Nan Goldin und die anderen Damen, die wie sie in den barocken, gut beheizten Hotelhallen des Ritz und des Crillon leiden müssen. Ihre Qual wird von den Klängen der Lyra und von erlesenem Gebäck begleitet. Sie werden angebetet und sind verzweifelt. Als ordentliche Diktatorin bekomme ich sofort Lust, sie nach Albanien zu schicken, wenigstens für einen kurzen Aufenthalt. Kurz, doch äußerst heilsam.

Nach diesen Gedanken rufe ich im Reisebüro an und spreche mit Biljana, der freundlichen Biljana. Ich frage sie, ob es morgen noch einen freien Platz gibt. – »Ja«, bestätigt sie, »den gibt es.« – »Wirklich?«, frage ich mit von Angst gebremster Begeisterung, denn manchmal geraten Traum und Wirklichkeit durcheinander.

»Ja, ja wirklich.«

»Muss ich einen Aufpreis zahlen, Biljana?« Gespannt umklammere ich den Hörer und warte darauf, die irrwitzige Zahl zu hören, die Milica mir genannt hat.

»Nein, gar nichts, ich ändere nur die Daten für den Rückflug.«

Morgen reise ich ab, ich verlasse Sarajevo. Milica wird das gar nicht gefallen.

Ich gehe Börek kaufen. Ich will ihn mit nach Hause nehmen, nach Paris. Diese Speise, die mich meine ganze Kindheit über ernährt hat, esse ich immer noch gern. Ich kaue, und die Erinnerungen verschlingen mich. Ich verschlucke mich am Börek, Tränen treten mir in die Augen, was ich gar nicht mag, und tropfen auf den fettigen Blätterteig, den ich gierig in Händen halte. Das Essen aus der Kindheit hat etwas Magisches. Ich habe meinen Mund vollgestopft, habe die Augen geschlossen und spüre die Schritte meiner Großmutter hinter mir, den Duft der reifen Kakipflaumen, das starke Licht der Sonne von Tirana, das mir durch die Lider dringt, meine kleine Freundin, die mich ruft. Der Börek ist aufgegessen, und alles verschwindet wieder, meine Großmutter kehrt in ihr Grab zurück, der Himmel ist grau, und es gibt keinen einzigen Kakibaum ringsumher, nur den Duft von Börek an meinen Händen.

Ich suche einen Laden, um ein bisschen Vergangenheit mit nach Paris zu nehmen.

»Hello.« Ich spreche englisch, weil ich die Böreksorten aussuchen und daher wissen muss, welches Stück mit Spinat gefüllt ist, welches mit Fleisch und welches mit Käse. Ich habe Pech, der junge Mann spricht kein Englisch.

»Sprichst du französisch?«

»No French, no«, antwortet er.

Ich versuche es mit meiner letzten Waffe: »Italienisch?«

»Nein, nein.« Er wehrt mit den Händen ab. Einen Augenblick lang sage ich nichts. Dann werfe ich ihm ohne große Hoffnung ein paar albanische Brocken hin: »Ich Albanerin, Nachbarin ich«, und ich zeige mit dem Finger auf mich.

»Du bist Albanerin?!« Er fährt begeistert auf, spricht ein Albanisch mit Kosovo-Akzent.

So haben wir uns über den Börek verständigt. Ich nehme drei große Stücke.

»Wo wohnst du?«

»Ich wohne in Paris«, sage ich und suche Geld, um zu bezahlen.

»Ach so ... Du wohnst in Paris ... hör mal, vielleicht

kann ich dich ja um einen Gefallen bitten. Du könntest mir Papiere besorgen, ich meine, na los, bürge für mich, damit ich hier wegkomme.«

»Bist du verheiratet?«, unterbricht er sich plötzlich.

»Ja«, sage ich. »Ich bin verheiratet.«

»Mit einem Albaner?«

»Nein, mit einem Italiener.«

»Hat er Arbeit?«, fragt der Verkäufer weiter, während ich reglos antworte, ohne mir einen Ausweg frei zu halten. Ich weiß nicht, durch welchen Zauber meine Beine jetzt wie gelähmt sind, ich stehe wie angewurzelt da, und irgendetwas sagt mir, dass ich ein gutes Trinkgeld geben muss, ein wirklich gutes Trinkgeld. Ich gebe das Trinkgeld.

»Also, ich erkläre dir, was du tun musst«, sagt der Junge. »Du musst deinem Mann sagen«, verlangt er, »du musst ihm sagen, dass du mich gut kennst, dass du mich schon lange kennst, seit einer halben Ewigkeit, und dass ich ... na ja, sagen wir, dass ich der Bruder deiner besten Freundin bin!«

Die Vergangenheit verfälscht die Gegenwart. Die Naivität dieses Jungen überrascht und ärgert mich. Er fährt fort, mir zu erläutern, wie ich lügen soll, und versucht, mir weiszumachen, dass er einen Job in Italien hat, der schon auf ihn wartet, und auch einen in Frankreich, wenn er nur will, dann noch einen in Deutschland und noch andere, wo immer es dir beliebt. Er muss nur erstmal weg hier!

Ich merke, dass er mir einen gesalzenen Preis für

den Börek gemacht hat, doch dieser Wunsch, jemanden, dem es besser geht, übers Ohr zu hauen, ist mir nicht neu. Ich lebe in Paris, garantiert geht es mir besser als ihm, und daraus folgt: Ich muss übers Ohr gehauen werden, auch wenn er mich gerade um einen Gefallen bittet. Ich stehe immer noch da und höre ihm zu, das hier war auch die Odyssee meines Volkes, ich kann nicht einfach so gehen und die Tür zuschlagen, als wäre nichts gewesen. Der Börek, die Vergangenheit, Albanien haben mich hierher gebracht, und hier halten sie mich fest. Wie sagt man so schön bei uns: Blut ist dicker als Wasser. Man kann nicht so tun, als ob nichts wäre. Man kann nicht den Kopf wegdrehen und nicht zuhören.

Der Junge hatte in jedem Winkel der Welt einen Job, überall war seine Familie verstreut, dies nur, um mir klarzumachen, dass er mich nicht mehr belästigen würde, wenn er Sarajevo erst einmal verlassen hätte. Dass er nicht kommen würde, um bei mir zu wohnen. Da geht ihm etwas durch den kastanienbraunen Kopf, und er fügt hinzu: »Allerdings, du weißt ja, wie die Familie so ist ... sie hilft dir weniger als ein Fremder, als du, zum Beispiel! Ich muss nur hier wegkommen! Zumal ich schon einen Job habe!«

Seine letzte Bemerkung bringt mich in die Kindheit zurück. Wir kleinen Mädchen liebten Kaugummi über alles. Kaugummi war in Albanien verboten, weil er ein Produkt des Kapitalismus war und weil sich leeres Kauen nicht gehörte. Wenn also eine von uns in den Besitz eines Kaugummis gelangte, der heimlich in unser rotes Land geglitten war, so war das, als hielten wir einen Traum in Händen. Erdbeergeschmack oder Kirsche. Auch Pfefferminze. Zuerst wurde gründlich das Papier studiert, in das er eingewickelt war: »Hollywood« stand darauf, ein Wort, das zwei O nebeneinander in seinem Bauch hatte! Vielleicht war es das, was den Zauber ausmachte, diese Zusammenfügung mehrerer gleicher Buchstaben? In unserer Sprache gibt es keine Doppelbuchstaben. Was wohl geschähe, wenn man noch mehr O aneinanderreihte? Hollywoooood? Womöglich würde der Kaugummi dann riesengroß werden! Vielleicht noch besser schmecken, oder sich vielleicht niemals aufbrauchen!

Ist das Papier entfernt, muss man dem Kaugummi nur noch seine silberne Hülle ausziehen. Zum Vorschein kommt der blassgrüne Kaugummikörper, der normalerweise mit weißem Puder bestäubt ist und ein Zickzackmuster trägt.

Was für eine herrliche Erfindung ist doch dieser Gummi, der sich bis in alle Ewigkeit kauen lässt! Stundenlang kann man seinen Geschmack und sein Aroma im Mund behalten, ohne ihn hinunterzuschlucken! Sogar tagelang! Bevor wir einschliefen (ich habe gesehen, dass meine Cousine und meine Freundinnen das gleiche taten), deponierten wir den gekauten Gummi in einem Wasserglas, damit wir ihn am nächsten Tag wieder in den Mund stecken konnten. Auf dem Einwickelpapier war manchmal eine Ente abgebildet, die

Onkel Dagobert hieß. Dieses Papier konnte lange nach Kaugummi duften und verdiente es, später zwischen den Seiten eines Buches aufbewahrt zu werden wie ein Museumsstück, das man den Freundinnen zeigen konnte: Da, seht mal! Das habe ich gegessen! Früher einmal!

Aus Liebe zum Kaugummi stürzten wir uns kopfüber in die verrücktesten Lügen. Ich, zum Beispiel, hatte ein Zimmer, das voller, v-o-l-l-e-r Kaugummi war. Brechend voll. Nur dass der Schlüssel eben bei meiner Mutter war, die mich nicht einmal einen Blick darauf werfen, geschweige denn ein Stück davon nehmen ließ. Ich schwor Stein und Bein, dass das Zimmer randvoll damit war!

Eine sanfte Wehmut ergriff Besitz von mir, da ich fast schon selbst daran glaubte, dass ich so ein Zimmer hatte. Oh, wie schön, so ein Zimmer zu haben! Genau wie die Arbeit, die dieser junge Mann überall auf der Welt hatte! Alle warten nur darauf, dass er Sarajevo verlässt, der Arbeitsplatz, der schon auf ihn wartet, bleibt garantiert so lange leer und verkommt ohne ihn.

Als ich bezahlt habe, sagt der Junge:

»Kann ich dir einen Kaffee anbieten?«

Der Kaffee ist wohl eine Gelegenheit, noch einmal über meine Rolle als Bürge zu reden. Er ist nicht sonderlich überzeugt von der Hilfe, die ich ihm geben kann, ich bin nicht vertrauenerweckend und auch nicht hilfsbereit.

Ich lehne ab, leider hätte ich keine Zeit, einen Kaffee mit ihm zu trinken, sonst würde ich mein Flugzeug verpassen.

Ich spüre, wie mir das Blut zu Kopf steigt, als ich das schicksalhafte Nein aussprechen will, so schwer ist es, so sehr sehe ich Albanien in ihm. Er beschließt, mir seinen Namen und seine Adresse zu geben. Ich habe mein Notizbuch aufgeschlagen, um beides zu notieren, und sage: »Schreib du das auf, der Straßenname ist slawisch, und ich weiß nicht, wie man den buchstabiert.«

»Nein, nein«, erwidert er hastig, »schreib du das.«

»Es wird falsch sein«, höre ich mich erneut einwenden.

»Schreib nur, schreib«, drängt er mich.

Ich notiere seinen Namen. Er heißt Fatmir, auf Albanisch bedeutet das so viel wie »der Glückliche«, darunter schreibe ich den Namen der Straße, den er auf slawisch sagt. Es gelingt mir nicht einmal, den Klang des Namens einzufangen, ich kritzle ihn wirklich mehr schlecht als recht hin, wie es gerade kommt.

Er sagt nichts. Ich begreife, dass er weder schreiben noch lesen kann. Ich verlasse seinen Laden mit den drei fettigen, schweren Börekstücken. Sein Zimmer ist noch randvoll mit Kaugummi. Gott, wo bist du, hast du nicht Lust, ein Stück Börek mit mir zu essen?

Majlinda hat einen Ausländer geheiratet. Sie wollte keinen Mann aus ihrem Land. Da schenkte ihr die Vorsehung einen Märchenprinzen, der fern von ihrer

Heimat geboren war, einen Holländer. Von den Holländern hatte sie in Andersens Märchen gelesen, sie schienen fliegen zu können. Das Haar ihres Holländers ist so hell, dass es fast weiß ist. Seine Augen sind blau, und auch seine Haut spielt stark ins Blaue. Er sieht sehr, wirklich sehr gut aus. Nachts betrachtet Majlinda ihn heimlich. Er schläft, und sie erforscht jeden Zentimeter seines Körpers. Es ist der Körper eines Ausländers. So sieht also ein ... Ausländer aus!

Was sie am stärksten beeindruckt und was ihre Liebe zu diesem Mann so grenzenlos macht, sind seine Füße. Sie betet seine Füße an, genauer gesagt seine Fußsohlen.

Diese Sohlen sind wie neu. Es sieht aus, als hätte er nie einen Fuß auf den Boden gesetzt, um zu laufen. Etwas Kindliches, Makelloses ist noch an seinen Füßen. Und wenn er diese Makellosigkeit an den Füßen hat, hat er sie bestimmt auch in seiner Seele.

Diese Füße sind glatt, weich, etwas, was an weiße Butter erinnert. Majlinda hat diese Vollkommenheit nicht mehr. Ihre Füße sind ruiniert von schlechten Schuhen, von schlechten Straßen und vor allem von schlechten Gedanken. Sein Fuß ruhte stets auf weichen Schuhsohlen und sauberen Straßen, seine Gedanken waren nie so verheerend. Sie schämt sich, weil sie diese Reinheit eingebüßt hat; die Füße, die sie jetzt hat, gehören ihr beinahe gar nicht, daher versucht sie, sie vor ihm zu verstecken. Majlindas Füße haben alle Unschuld verloren, die ein Fuß nur haben kann, das beschäftigt sie sehr. Wenn sie sie untersucht, findet sie die armseligen Glieder ihrer Großmutter, die Arbeiterfüße ihrer Mutter und die ungebändigten Zehen ihres Vaters. Sie sieht, dass das Leben ordentlich auf ihnen herumgetrampelt ist, auch wenn sie die Spuren verbirgt und schön und stark geworden ist. Über den Füßen von Vincent ertappte sie sich dabei, dass sie weinte. Er hat es nie erfahren.

Diese nächtlichen Beobachtungen lassen sie nicht schlafen. Morgens, wenn er aufwacht, dankt sie Gott dafür, dass Füße stumm sind und nicht wie der Mund alles verraten.

Unter dem Himmel von Amsterdam essen sie schweigend Brot und Marmelade. Majlindas Augen sind nach der Nacht in der Gesellschaft von Vincents Füßen voller Bewunderung. Manchmal spielt ihr die Bewunderung einen Streich und ihr Herz scheint einen Sprung zu tun, um aus ihrem Körper auszubrechen, so dass es ihr eine Weile den Atem verschlägt.

Seine Mutter wollte sie nicht als Frau für ihren Sohn. Weil Majlinda Ausländerin ist. Sie verstand seine Mutter, sie verstand sie auch über diese Ausrede hinaus. Was die Mutter störte, war nicht so sehr die Tatsache, dass sie Ausländerin ist. Doch kein Mensch will jemanden in seiner Nähe haben, dem, selbst wenn er vor ungebrochener Freude lacht, die Vergangenheit eines harten Lebens anhaftet. Sogar Majlinda hätte niemanden lieben können, dessen Füße nicht ein wenig Fröhlichkeit ausstrahlen. Vincents Mutter hatte, ohne je ihre Füße gesehen zu haben, den Verschleiß gespürt, den das Leben ihr aufgezwungen hatte.

Im Flugzeug riecht es streng. Es ist der Geruch nach Füßen vom Balkan. Das Resultat von Einzelschuhpaaren, von solchen, die man nie wechselt. Der Geruch von Menschen, die kein zweites Paar Schuhe besitzen.

Durch die Beimengung von Rakidünsten und dem Geruch von schlechtem Cognac entsteht diese einzigartige, unvergessliche Balkanmischung. Die Bäuche sind schwer und haben viel Geschichte und viel Groll in sich, die Augen auch. Diese Leute sind schweigsam, doch durch den Geruch spürt man die kräftigen Ohrfeigen, die sie austeilen können.

Der Herr hinter mir möchte Wein. Der Wein ist gratis, und das muss man ausnutzen. Zum zweiten, dritten, fünften Mal ruft er die Stewardess, die ihm liebenswürdig den Wein bringt. Er trinkt, trinkt so viel wie irgend möglich.

»Wein!«, bestellt er noch einmal bei dem jungen Mädchen, für das er nicht einmal ein höfliches Lächeln hat.

Das Flugzeug ist klein. Im Koffer liegen die drei Stück Börek, die ich nach Paris mitbringe, um sie meinen Lieben zu servieren. Diesmal werde ich ihn nicht essen können, ich werde ihn kredenzen, ohne von meinem Freund Mirsad zu erzählen.

Ich möchte sie mit dieser Speise anstecken, nur deshalb bringe ich sie mit, nicht aus Liebe, sondern aus purem Egoismus. Der Mensch gibt seine Passionen gern weiter. Ich möchte bis in alle Ewigkeit hören: »Das ist ja ein Leckerbissen! So etwas Gutes haben wir ja noch nie gegessen! Wie heißt das doch gleich?«

Ich habe das Gefühl, eine biblische Speise im Gepäck zu haben. Wenn meine westlichen Freunde erst einmal den Blätterteig vom Balkan gegessen haben, werden sie von einer Spiritualität durchdrungen sein, die sie nicht kennen.

Wenn ich wieder zu Hause bin, muss ich meine Zimmer mit neuem Leben erfüllen. Nach jeder Reise genieße ich ein Ritual, und das ist die Stimme von Sarah Vaughan. Ich liege auf dem Fußboden, schließe die Augen und höre zu. Hier endet meine Reise. In ihren Noten, fern von allem, was mir nah ist.